Un comte cruel

Barbara Cartland est une romancière anglaise dont la réputation n'est plus à faire.

Plus de trois cents romans variés et passionnants mêlent aventures et amour.

Les Éditions J'ai lu en ont déjà publié plus d'une centaine que vous retrouverez dans le catalogue gratuit disponible chez tous les libraires.

Barbara Cartland

Un comte cruel

traduit de l'anglais par Françoise LE GUILLOUX

Éditions J'ai lu

Ce roman a paru sous le titre original :

THE CRUEL COUNT

© Barbara Cartland, 1974
Pour la traduction française :
© Éditions de Trévise/BFB, 1985

1

1819

En descendant sur la jetée, Vesta eut l'impression que le sol tanguait sous ses pieds. Elle fit quelques pas sur le quai et regarda autour d'elle.

Elle s'attendait à ce que la Katonie fût belle, mais certainement pas à ce point. Au-delà du pittoresque petit port aux maisons de bois coiffées de tuiles rouges, on apercevait le vert sombre des bosquets d'oliviers, puis les montagnes richement boisées qui profilaient sur le ciel bleu leurs cimes étincelantes de neige. Partout, des fleurs. Des fleurs dans les jardinières des petites maisons, sur les basses pentes des montagnes, dans les ravins, sous les oliviers. Des taches de couleur vive qui la laissaient muette d'émerveillement. « Mon nouveau pays », murmura-t-elle, ses yeux bleus brillant dans son petit visage en forme de cœur.

L'homme en uniforme de second maître traversa le quai pour venir à sa rencontre et la salua d'un geste élégant.

– J'ai payé dix hommes pour porter vos bagages à l'auberge, madame. Me permettrez-vous de vous accompagner ?

– Non, monsieur Barnes, répondit Vesta. Je sais que le capitaine a du mal à maîtriser le bateau avec cette mer démontée. Il souhaite sûrement vous voir revenir aussi vite que possible.

— Mais, madame, il aurait dû y avoir quelqu'un pour vous accueillir !

— Je suppose qu'on m'attend à l'auberge. Après tout, personne ne pouvait prévoir l'heure, ni même le jour exact de notre arrivée.

— Sans doute. Nous pouvons même nous estimer heureux d'être parvenus à bon port.

— La traversée n'a pas été de tout repos, en effet, répondit Vesta, souriante. Mais je suis arrivée saine et sauve, et je vous en sais gré. Voulez-vous, je vous prie, transmettre mes remerciements à l'équipage ?

— Certainement, madame. Ce fut un privilège et un honneur de vous avoir à bord.

— Merci, monsieur Barnes.

Vesta tendit la main.

— Je voudrais, en mon nom et celui de l'équipage, vous souhaiter beaucoup de bonheur.

— Merci, monsieur Barnes, répéta Vesta.

Il la salua et se dirigea d'une démarche élégante vers le canot qui avait transporté lady Vesta Cressington-Font et ses bagages depuis le navire.

Vesta réprima l'impulsion de faire un signe d'adieu à l'équipage britannique et s'éloigna lentement à la suite des hommes qui portaient ses malles. Certains étaient si vieux qu'ils ployaient sous le fardeau. Elle en fut consternée. Comment ses élégantes robes de fine gaze pouvaient-elles peser si lourd ?

Plus qu'à ses malles, pourtant, elle s'intéressait aux gens qui se tenaient sur le seuil des maisons ou qui s'affairaient dans le port. Son avenir l'attendait parmi eux. Des hommes aux cheveux bruns, aux traits rudes, solidement charpentés, des femmes rondes à la poitrine généreuse, séduisantes, des enfants aux yeux noirs, vifs et curieux, portant la casquette rouge à pompons du costume national ; des visages souriants brûlés par le soleil et d'un beau brun doré.

Un pays adorable peuplé de gens charmants, on pouvait dire. Vesta se souvint de la première fois où son père avait parlé de la Katonie.

– La Katonie ? avait-elle répété, surprise.
– Sais-tu où ça se trouve ?

Vesta avait hésité un instant.

– En Méditerranée ?... Oh ! Que je suis bête ! Bien sûr, je le sais ! C'est un pays situé entre l'Albanie et la Grèce, indépendant de l'empire Ottoman gouverné par les Turcs.

– Je suis heureux de te voir si bien informée.
– J'avoue que je connais fort peu de chose sur la Katonie. Mais je crois savoir qu'elle a été épargnée par la guerre.

– Tu as raison, avait répondu le duc. Le pays et ses hommes ont échappé aux ravages des conquêtes napoléoniennes.

L'amertume qui teintait sa voix n'avait pas échappé à Vesta. Toute évocation de la guerre rappelait au duc Waterloo et la perte cruelle de son fils unique.

Elle suivit les porteurs, qui venaient de pénétrer dans la cour d'une petite auberge. Un homme, sans doute l'aubergiste, apparut à la porte et s'inclina profondément devant elle. Le moment était venu de montrer comment elle maniait le difficile langage étudié pendant la traversée.

– Vous m'attendiez ? demanda-t-elle gentiment.
– Oui, Votre Grâce.
– Y a-t-il ici quelqu'un pour me recevoir ?

Il secoua la tête et se lança dans une longue explication où elle saisit à peine un mot sur dix. Elle parvint cependant à comprendre que d'importants personnages devaient venir l'accueillir, mais que personne n'était encore arrivé.

Tout en parlant, il guida Vesta par un étroit

passage jusqu'à un petit salon. La pièce était agréable. Les baies vitrées donnaient d'un côté sur le quai, de l'autre sur un jardinet plein de fleurs éclatantes où elle aperçut pour la première fois de sa vie un oranger chargé de fruits dorés. Une grande et forte femme d'âge moyen, l'épouse de l'aubergiste, s'inclina respectueusement devant elle et offrit de lui montrer sa chambre à l'étage.

Vesta, qui venait de quitter le navire, n'avait nul besoin de se rafraîchir. Elle posa simplement sa lourde cape sur le lit et redescendit l'étroit escalier de bois pour retourner au salon.

Elle s'approcha de la fenêtre. La goélette qui l'avait amenée mouillait dans le port. On hissait à présent le canot à son bord et Vesta vit avec angoisse se briser le dernier lien avec l'Angleterre. Sur ce navire se trouvaient ses compatriotes, des hommes qui la connaissaient, parlaient sa langue. Et ils la laissaient seule sur une terre étrangère qui ne s'était pas donné la peine d'envoyer un représentant pour la recevoir. Elle n'arrivait pas à comprendre ! Le Premier ministre, Son Excellence Janos Sutez, s'était pourtant montré formel :

– Son Altesse Royale ne vous attendra pas au port mais au palais de Djilas. Vous serez accueillie par le baron Milovan, qui possède un magnifique château à mi-chemin de Jéno, où vous débarquerez, et de Djilas, où vous serez reçue en grande cérémonie.

– Qui accompagnera le baron ? avait demandé Vesta.

Comprenant son anxiété, le Premier ministre avait décrit le rang et la personnalité de ceux qui constitueraient son premier contact avec son nouveau pays. Outre l'épouse du baron, deux femmes ainsi que les courtisans, des hommes du gouvernement et des nobles l'escorteraient jusqu'à la capitale.

– Vous serez fatiguée par votre long voyage, aussi la première journée restera-t-elle vide de tout protocole. Vous irez au château du baron, à deux heures de Djilas, et vous y passerez la nuit. Le lendemain, avant de gagner la ville, vous déjeunerez au château d'un éminent membre du cabinet.

Il avait souri.

– Là, vous pourrez revêtir votre plus belle robe afin d'éblouir les gens qui jalonneront les rues pour acclamer votre venue.

– Et le prince ?

– Son Altesse Royale vous attendra sur les marches du palais. Elle sera avertie du moment précis de votre arrivée et s'avancera à votre rencontre. Si j'avais pu être présent, j'aurais eu l'honneur de vous présenter, mais cette petite cérémonie sera confiée au baron.

Vesta avait frémi, redoutant plus que tout ce moment du voyage.

Que s'était-il passé ? Pourquoi n'y avait-il personne ? Le Premier ministre avait bien précisé qu'elle débarquerait à Jéno, le port le plus proche de la capitale bien qu'il fallût compter cinq heures de route. La halte prévue au château du baron serait la bienvenue.

« Ils ont dû se tromper de jour », songea-t-elle. Le Premier ministre avait pourtant annoncé qu'ils atteindraient Jéno entre le 25 mai et le 1er juin. On était le 26, elle n'était donc pas en retard ! Et si elle était arrivée la veille, aurait-elle dû attendre dans cette petite auberge ? Évidemment, elle n'était pas censée débarquer toute seule, mais tout de même, le Premier ministre n'aurait guère apprécié cet accueil cavalier !

L'aubergiste lui demanda si elle souhaitait déjeuner.

– Avec plaisir, répondit-elle.

Bien qu'il fût seulement midi, elle mourait de faim. La traversée avait été longue et, lassée de la monotonie des menus, elle avait de moins en moins fait honneur aux repas.

La table fut dressée près de la fenêtre, devant le jardin, et quelques instants plus tard, une jeune fille à la peau dorée, aux longues tresses d'un noir de jais, apporta un grand plat dont s'élevait un parfum délicieux.

Vesta goûta avec plaisir le poisson nappé de la sauce à l'œuf, à l'huile et au citron que l'aide de camp du Premier ministre lui avait décrite en termes élogieux. Il avait été son professeur non seulement pour la langue, qu'elle avait commencé d'étudier avec le Premier ministre, mais aussi pour les coutumes et la gastronomie du pays.

« Notre peuple est un mélange de Grecs, de Hongrois et d'Albanais, les Hongrois étant socialement prédominants, avait-il expliqué. Nous avons donc acquis les goûts et les caractéristiques des trois pays. Sur le plan de la gastronomie, l'impact des Grecs est sans doute le plus important. Notre littoral étendu fournit en abondance des fruits de mer, et les plus piètres cuisinières savent composer d'excellents plats de poissons. »

Celui que dégustait Vesta était en effet délicieux. On lui servit ensuite de l'agneau, jeune et tendre, cuit en brochette avec des tomates et des poivrons verts. La viande était saupoudrée d'aromates, et elle songea qu'il lui faudrait se renseigner sur la flore du pays. L'aide de camp comme le Premier ministre s'étaient avérés incapables de répondre à la moitié de ses questions à ce sujet.

L'aubergiste posa devant elle un vin blanc léger, très agréable. Malgré sa curiosité, son vocabulaire ne lui permit pas de demander s'il s'agissait d'un cru local. Il semblait d'ailleurs la comprendre avec difficulté, et son accent, très différent de celui du Premier ministre ou de l'aide de camp, déroutait complètement Vesta.

Il était près d'une heure quand elle termina son repas. Les habitants du petit port iraient bientôt faire la sieste. Les vieux du village, assis devant leur seuil sur une marche ou une chaise, somnolaient déjà sous le soleil éclatant. « Que vais-je faire si personne ne vient ? » se demanda-t-elle, effrayée. Et si on l'avait oubliée ? Si elle devait rester là jour après jour, mois après mois ? Si elle se trouvait à court d'argent ? Elle devrait peut-être gagner sa vie ! Oui, mais que faire ? Travailler dans les oliveraies, aider à l'auberge ?

Elle se secoua. Sa mère lui avait si souvent reproché ce genre de rêveries ! « Tu es trop imaginative, Vesta, disait-elle. Tu dois apprendre à être plus réaliste, plus terre à terre ! Cela ne sert à rien de vivre dans un monde chimérique ! »

C'était son plus gros défaut mais elle avait du mal à se guérir de ce qui lui faisait parfois vivre des instants magiques. Deux ou trois ans auparavant, elle avait surpris une conversation entre ses parents.

— Je m'inquiète pour Vesta, avait dit la duchesse.

— Pourquoi ?

— Elle n'est pas comme les autres, elle vit dans un monde imaginaire. La plupart du temps elle n'a même pas conscience de ce qui se passe autour d'elle.

— C'est peut-être une bonne chose, avait répondu le duc en souriant.

— Certainement pas ! Vesta attend trop des gens. Elle croit toujours qu'ils seront à la hauteur de ses espoirs.

— En ce cas, elle sera déçue.

— Déçue et malheureuse. Quand on attend beaucoup, on est forcément déçu. Vesta est trop sensible, repliée sur elle-même, imaginative.

— Elle changera, avait affirmé le duc d'une voix ferme.

Mais Vesta savait qu'elle n'avait pas changé.

Peut-être même son imagination s'était-elle développée davantage avec l'âge. Avant de quitter l'Angleterre, elle s'était pourtant promis de se montrer prudente, avisée, sans se laisser troubler par les nouveautés, les différences qu'elle rencontrerait. « Je ne dois pas attendre trop de qui que ce soit », se disait-elle, tout en songeant en fait à une personne en particulier.

Elle arpenta la pièce, nerveuse, inquiète. Devait-elle aller se promener sur le quai ou attendre ici dans l'espoir que quelqu'un arriverait ? Elle s'obligea à s'asseoir dans un fauteuil. Abandonnée à elle-même, Vesta sentit son moral sombrer de plus en plus.

Elle entendit alors des pas dans le corridor puis une voix forte, autoritaire, sans nul doute celle d'un homme cultivé. Elle ne put comprendre ce qui se disait mais supposa que la délégation était enfin arrivée. Instinctivement, elle se redressa sur sa chaise. La duchesse lui avait dit avant son départ : « Montre-toi digne, Vesta. Tu as toutes les raisons d'être fière de ton éducation et du rang de ton père. Tu es anglaise, alors tiens la tête haute et, quoi qu'il arrive, ne manifeste jamais la moindre émotion. »

La porte s'ouvrit à la volée. Un homme entra dans la pièce et, malgré ses résolutions, Vesta ne put s'empêcher d'avoir un mouvement de surprise. L'inconnu était élancé, avec de larges épaules et d'épais cheveux noirs. Jamais elle n'avait vu visage aussi saisissant. Les traits étaient anguleux, et les yeux noirs, durs et pénétrants. L'homme la dévisageait avec une telle insistance qu'elle se sentit gênée. Il était bien impertinent ! Elle remarqua avec stupéfaction la poussière qui recouvrait ses vêtements, ternissait ses bottes. Il ne portait pas de cravate, et sa chemise, ouverte, découvrait une poitrine hâlée.

– J'apprends que vous êtes arrivée seule ! Où se trouve le Premier ministre ?

La voix impérieuse résonnait dans la pièce. Vesta se raidit sur sa chaise. Si elle avait craint que personne ne vînt à sa rencontre, la brutalité avec laquelle cet étranger se permettait de l'interpeller la piqua au vif. Pour la première fois depuis son arrivée en Katonie, elle sentit la colère monter en elle.

— Dans la mesure où vous semblez informé de mon identité, monsieur, dit-elle en choisissant ses mots avec soin, il serait peut-être courtois de votre part de vous présenter avant de me poser des questions.

Le gentilhomme la dévisagea un instant, surpris par sa réponse. Puis il referma la porte et s'approcha. Il avait une présence écrasante, et en rencontrant son regard noir, Vesta songea qu'il ressemblait à un aigle.

— Mon nom est Czako, fit-il, le comte Miklos Czako. J'ai un message de première importance pour le Premier ministre.

Son anglais était parfait. Seul un très léger accent indiquait qu'il ne parlait pas sa langue natale.

— J'ai peur que vous n'ayez du chemin à faire pour le remettre à Son Excellence, répondit Vesta.

— Que diable voulez-vous dire ?

En voyant son air choqué, il s'empressa d'ajouter :

— Pardonnez-moi, madame, de vous avoir parlé ainsi, mais j'ai des instructions du prince pour Son Excellence.

— Vous êtes envoyé par Son Altesse Royale ?
— Oui.

La réponse n'aurait pu être plus brève.

— Je suppose qu'il y a eu confusion sur la date de mon arrivée, déclara lentement Vesta. Selon Son Excellence, le baron Milovan devait m'accueillir ici.

— Où se trouve le Premier ministre ?

Elle sut, au ton de sa voix, qu'il n'appréciait guère qu'elle n'eût pas répondu à sa première question.

– Son Excellence se trouve à l'hôpital de Naples.

– À l'hôpital !

– La traversée du golfe de Gascogne a été très pénible, expliqua Vesta. Mais ce n'était rien à côté de ce qui nous attendait en Méditerranée. Le capitaine a même craint que le navire ne sombre.

– Et le Premier ministre a été blessé ?

– Il s'est cassé la jambe. Une mauvaise fracture. À l'hôpital de Naples où nous l'avons emmené, les médecins ont déclaré qu'il ne serait pas en état de voyager avant deux semaines. Son Excellence a insisté personnellement pour que je continue la traversée.

– Seule ? Où sont les autres personnes qui devaient vous accompagner ?

Deux fossettes amusées se creusèrent de chaque côté de la bouche de Vesta. Elle avait parfaitement conscience de la stupéfaction du gentilhomme, mais il l'avait contrariée, et elle n'était pas mécontente de le déconcerter.

– Nous avons donc quitté Naples, et au douzième jour de route, certains membres de l'équipage sont tombés malades. Depuis ce moment, les passagers, un à un, ont été recouverts d'innombrables boutons, si vilains que nous avons craint la variole.

– La variole ! s'exclama le comte.

– Heureusement, nos peurs n'étaient pas fondées. Il s'agissait en fait d'une forme déplaisante et virulente de varicelle.

– Mais votre suite a sûrement...

– Mon chaperon et l'aide de camp ont été atteints à leur tour. Ce matin, ils avaient une forte fièvre. Il leur était impossible de débarquer.

– Grands dieux !

L'homme semblait bouleversé. Son regard s'attarda un instant sur les yeux bleus qui pétillaient d'amusement devant sa confusion, sur l'auréole de mèches blondes. Puis il déclara d'un ton rude :

– Le Premier ministre étant absent, je dois donc vous expliquer ce qui s'est passé. Si personne n'est venu vous accueillir en Katonie, lady Vesta, c'est parce qu'une révolution vient d'éclater !

– Une révolution !

Ce fut à son tour d'être surprise. Le comte hocha la tête.

– Tout a commencé voilà une semaine et le prince a décidé qu'il valait mieux que vous retourniez chez vous. Tel est le message que je devais transmettre au Premier ministre.

Vesta resta silencieuse un moment puis, d'une voix méconnaissable, elle déclara :

– Suggérez-vous sérieusement que je rentre en Angleterre ?

– Ce serait préférable.

– Après avoir fait tout ce chemin ? La traversée a été longue et pénible.

– J'en suis parfaitement conscient, mais la situation est dangereuse et l'issue reste incertaine.

– Vous voulez dire que le prince pourrait être destitué ou forcé d'abdiquer ?

– C'est possible.

– Mais cela ne s'est pas encore produit ?

– Non, pas encore.

Elle réfléchit un instant.

– Et comment voulez-vous que je fasse ? Mon navire est reparti. Il cingle vers Athènes, d'où il est prévu que mon chaperon et l'aide de camp regagnent la Katonie soit par mer soit par terre.

– Il doit y avoir d'autres bateaux, dit vivement le comte.

Tout en parlant, il regarda par la fenêtre, comme s'il espérait en voir un dans le port.

– Quand il y en aurait un, répondit Vesta

d'une voix calme, je n'y monterais pas. Je n'ai pas l'intention de rentrer en Angleterre.

— Votre attitude est ridicule ! fit le comte d'un ton sec. Vous connaissez très peu ce pays et moins encore, je présume, les révolutions. Pensez à vous et gagnez un lieu sûr.

— J'ai choisi de venir ici. Quoi qu'il advienne, j'estime que mon devoir est d'y rester.

— Bon Dieu ! Ce n'est pas à vous d'en décider !

Vesta se leva lentement et lui fit face. Ses yeux bleus lançaient des éclairs.

— J'ai du mal à admettre qu'un soulèvement suffise à faire perdre toute correction aux officiers de Son Altesse Royale. Je vous prie de me présenter vos excuses.

Ils se défièrent du regard mais, finalement, le comte dit tranquillement :

— Je vous présente mes excuses et j'espère que vous me pardonnerez. Je m'inquiète simplement de votre sécurité.

— Laissez-moi ce soin. Maintenant, j'aimerais vous poser une question : Son Altesse Royale est-elle en danger ?

Il réfléchit un instant.

— Je ne peux vous répondre avec certitude mais c'est possible.

— En ce cas, ma place est auprès de lui.

— Sûrement pas ! rétorqua le comte. Je suis chargé de vous supplier de rentrer chez vous. Quand les choses seront calmées, un émissaire pourra se rendre en Angleterre afin de discuter à nouveau de votre mariage... Pour l'instant, il est dans votre intérêt de rentrer. Je vais chercher un bateau.

— Je viens de vous dire, comte, que je n'ai pas l'intention de quitter la Katonie, fit-elle du ton patient qu'elle aurait employé avec un enfant. Il est inutile de discuter davantage. Je dois vous demander... et si nécessaire vous ordonner, de me conduire auprès de mon... mari.

Le comte se figea.
- Votre mari ?
- Le prince et moi avons été mariés par procuration. Les documents sont entre les mains du Premier ministre.
- Mariés ! Mais... le prince l'ignore ! C'est l'œuvre du Premier ministre ! Le vieux roublard !
- J'ai cru comprendre que Son Excellence se contentait de transmettre les souhaits de Son Altesse Royale. Mais de toute façon, mon père a insisté pour célébrer le mariage avant mon départ. Il ne voulait pas que j'entreprenne un tel voyage sur une base aléatoire.

Le comte semblant trop stupéfait pour répondre, elle ajouta, ironique :
- Il avait bien raison, même s'il ne pouvait deviner qu'on me prierait de repartir avant même que je sois arrivée !

Les sourcils froncés, le comte s'approcha de la fenêtre et regarda le quai. Au bout d'un moment, il déclara :
- Si c'est vrai, ce n'est pas irrésistible. Un mariage par procuration n'est qu'une formalité légale. Dans la mesure où le prince détient le pouvoir législatif en Katonie, il pourra invalider ce mariage.
- Cette question, il me semble, ne saurait être débattue qu'entre le prince et moi-même.

Sa voix était glaciale, et le comte se tourna vers elle.
- Fort bien, madame. Je suis naturellement contraint de vous obéir. Je vous mènerai auprès de Son Altesse Royale. Mais laissez-moi vous dire que si, à un moment quelconque du voyage jusqu'à Djilas, vous changiez d'avis, je serais tout à fait disposé à trouver, dans ce port ou un autre, un navire qui vous ramènerait en toute sécurité en Angleterre.
- Je suis touchée par votre sollicitude, fit-elle,

sarcastique. Ayez l'amabilité de me faire savoir quand vous souhaitez partir.

Une expression différente apparut sur le visage du comte.

— Immédiatement, répondit-il. Je dois vous dire que votre vie est peut-être en danger. C'est la raison de mon arrivée précipitée. Certaines personnes ne souhaitent pas vous voir en Katonie.

Elle le regarda d'un air hésitant.

— Voulez-vous dire qu'elles ont l'intention de m'assassiner ?

— Elles se seraient sans doute contentées de vous obliger à reprendre le bateau qui vous a amenée, mais dans la mesure où celui-ci est parti, je ne donne pas cher de votre vie.

— Ce sont les révolutionnaires, je suppose ?

Il hocha la tête.

— Est-ce que vous comprenez, maintenant ? Retournez en Angleterre, lady Vesta. Rentrez dans un pays où il n'y a pas de révolution, où vous êtes connue et aimée. Retournez à votre peuple. À votre famille, à la sécurité, au confort et à la paix.

Il l'implorait presque à présent.

— Vous êtes très convaincant, répondit Vesta, mais je vous rappelle qu'étant l'épouse de votre prince régnant, j'ai sans doute quelque autorité dans ce pays. Je... vous ordonne donc de me conduire au plus vite auprès de Son Altesse Royale.

Elle avait parlé calmement mais ses yeux brillaient encore de colère. Le comte la regarda et elle vit qu'il était également furieux. Il ne s'attendait évidemment pas à ce qu'elle le défie. Oui, il ressemblait bien à un aigle — un oiseau de proie cruel, impérieux, impitoyable. Elle se demanda en frissonnant s'il n'était pas, au lieu du messager qu'il prétendait être, un de ces rebelles qui semaient le trouble. Mais elle n'avait d'autre choix que de lui faire confiance.

De façon inattendue, il capitula.

– Fort bien, madame, je vous obéirai. Mais ne me reprochez pas les conséquences, quelles qu'elles puissent être.

– Je ne le ferai pas.

– En ce cas, changez-vous rapidement, dit-il. Et dites-moi quelle malle, parmi ce monceau de bagages, vous souhaitez monter à votre chambre.

– Nous allons voyager à cheval, je suppose ?

– Oui, et vous ne pouvez emporter que ce qui entrera dans la sacoche de selle. Pensez surtout à prendre un bon manteau, les nuits sont froides, par ici.

Sans plus perdre de temps, Vesta s'avança vers la porte qu'il ouvrit devant elle. Ses malles encombraient le petit vestibule de l'auberge. Heureusement, la duchesse avait insisté pour qu'elle connaisse parfaitement le contenu exact de chacune d'entre elles.

Le comte attendait avec impatience et elle eut un moment de panique avant de désigner la malle de cuir à couvercle arrondi qui contenait son costume d'amazone. L'aubergiste, aidé de la servante, la porta à sa chambre.

Une fois dans la petite pièce, elle passa une main sur son front. La lutte avec le comte avait été serrée, mais elle s'en était tirée beaucoup mieux qu'elle n'aurait pu le craindre. Il avait un côté inflexible, écrasant, et elle savait qu'il était déterminé à la faire rentrer en Angleterre. Elle s'était presque sentie chassée du pays, comme s'il avait détesté la seule idée de l'y savoir. « Je le hais, se dit-elle. Je le hais ! »

Il était rare qu'elle éprouve des sentiments aussi intenses. À vrai dire, nul homme ne l'avait à ce point troublée. Mais le comte était étranger, et les étrangers s'exprimaient avec une éloquence inconnue des Anglais. Malgré tout, il n'avait pas le droit de lui parler comme il l'avait fait. Ni celui de se montrer insolent, de jurer en sa présence ou de la pousser à prendre une décision contre son gré. « Je le déteste », murmura-t-elle à nouveau, tout en sachant qu'elle devrait s'en remettre à lui. Elle n'avait personne vers qui se tourner pour demander de l'aide, et si le comte disait vrai, elle avait déjà des ennemis qui souhaitaient sa perte. Cette pensée avait beau la terrifier, elle devinait qu'en affirmant que son mariage déplaisait à certains, il cherchait à exploiter la situation. Néanmoins, il devait y avoir du vrai dans ses allégations. Après tout, personne n'était venu l'attendre et le comte avait apparemment galopé à bride abattue pour transmettre au Premier ministre le message du prince.

En pensant à lui, elle prit conscience qu'à part son frère, elle n'avait jamais vu d'homme sans cravate. Et que jamais on ne lui avait parlé sur ce ton !

La jeune servante avait ouvert la malle et attendait ses instructions. Au grand soulagement de Vesta, l'habit fut facile à trouver. Elle ôta sa jolie robe de mousseline. Évidemment, le costume de soie verte convenait mieux à une promenade autour de Rotten Row qu'à la rude chevauchée qui l'attendait, mais elle n'avait rien de plus approprié. L'ample jupe et la veste blanche gansée à gros boutons de perle auraient du moins le mérite de lui aller parfaitement et de souligner la finesse de sa taille. Parmi les corsages assortis à l'habit, Vesta en choisit un, vu la chaleur, en dentelle de mousseline blanche. Après quoi, elle envoya la servante chercher un carton à chapeau. « Méfie-toi du soleil, lui avait recommandé la duchesse. Il sera beaucoup plus violent qu'en Angleterre ! Ton teint de rose séduira les Katoniens à la peau basanée et il est important que tu te protèges ! » Puis, après un regard à la beauté éthérée de sa fille, elle avait ajouté, comme si elle craignait de la voir devenir vaniteuse : « D'ailleurs, une lady doit toujours garder le teint blanc. »

Vesta sortit du carton un chapeau de paille à large bord orné de feuilles de soie verte assortie à son costume, comme les rubans qui servaient à le nouer.

En 1819, la mode parisienne de la taille bien prise et des jupes amples gagna Londres. Les corsets furent laissés à celles qui en avaient besoin. Beaucoup plus seyants étaient les jupons qui revenaient à l'honneur. Sous son habit, Vesta portait deux jupons rigides bordés de dentelle. Des gants blancs accompagnaient sa tenue ainsi qu'un petit stick à manche d'or, cadeau de mariage de l'une de ses sœurs. Elle ne put s'empêcher d'être satisfaite de son allure.

Il n'en restait pas moins à résoudre le problème de ce qu'elle emporterait. Mieux valait prendre peu de chose si elle voulait éviter une réflexion désagréable. Elle ne lui donnerait pas l'occasion de trouver à redire ! Elle se contenta donc de rouler une brosse, un peigne, une brosse à dents et quelques mouchoirs dans une chemise de nuit diaphane qu'elle enveloppa d'un morceau de papier. Les rares cosmétiques dont elle aurait besoin, elle les glissa dans la poche de sa veste. Puis, ramassant la lourde cape noire qu'elle avait jetée sur le lit en arrivant, elle descendit l'escalier.

Le comte se trouvait au salon. Il avait profité de son absence pour remettre de l'ordre dans sa toilette. Son manteau avait été brossé, ses bottes cirées, et, amélioration certaine, il portait une cravate. Le petit carré de soie noué à son cou aurait soulevé sans doute le mépris des Anglais, mais il couvrait du moins sa gorge. Le comte avait aussi déjeuné, ce dont attestaient l'assiette vide posée sur la table et le verre de vin blanc qu'il tenait à la main.

Il se leva.

— Étonnamment rapide, pour une femme ! observa-t-il d'un ton narquois avant d'ajouter, comme leurs regards se croisaient : Madame.

— Vous sembliez penser qu'il fallait partir immédiatement, comte. Je m'en voudrais de vous mettre en danger.

Elle vit ses lèvres ébaucher un sourire et ajouta :

— Je vous saurais gré de faire en sorte que mes bagages soient mis en lieu sûr. Une fois à Djilas, je pourrai sans doute les envoyer chercher.

— Mais naturellement, répondit le comte, si la révolution est terminée.

— J'avais tenu compte de ce fait, répliqua-t-elle d'un ton froid.

— J'ai demandé les chevaux, ils devraient être prêts.

Pour Vesta qui montait depuis toujours, aucune monture n'était trop difficile. Elle ne s'attendait pas aux petits animaux à poil rude qu'elle trouva devant l'auberge. Ils étaient paisibles, solides et bien différents des chevaux fougueux auxquels elle était habituée.

En voyant l'expression de son visage, le comte se mit à rire.

— Bien qu'elles ne soient pas le complément idéal de votre tenue, madame, ces bêtes seront parfaites pour ce qui nous attend.

Il se moquait d'elle et elle le détesta avec une intensité qui l'effraya. Il prit sa cape, la posa sur le dos du cheval, la fixa solidement à la selle et fourra le petit paquet de vêtements dans la sacoche de sa propre monture.

Vesta tendit la main à l'aubergiste.

— Je vous remercie, dit-elle en katonien. Je vous suis très reconnaissante de ce que vous avez déjà fait et vous prie de veiller sur mes bagages.

Elle avait du mal à trouver les mots justes

mais l'aubergiste comprit. Tout sourires, il lui promit d'y veiller au prix de sa vie. Il la remercia de sa bonté et lui souhaita, ainsi qu'au comte, un bon voyage.

Le comte était en selle. Le cocher aida Vesta à monter et ils s'éloignèrent.

– Vous vous êtes donné la peine d'apprendre notre langue !

– Un peu, et ce serait dommage de gâcher mes efforts.

– Mais certainement, madame...

Les pavés s'interrompaient après les habitations et la route devint poussiéreuse. À présent, Vesta pouvait voir les oliveraies et les innombrables fleurs qu'elle avait aperçues depuis le quai. Coquelicots écarlates, soucis roses, cyclamens dorés, pourpres et blancs, iris jaunes, glaïeuls blancs et gentianes d'un bleu étonnamment vif bordaient la route, grimpaient au flanc des collines, splendide spectacle multicolore. Il y avait bien d'autres fleurs dont elle ignorait le nom mais, craignant que sa curiosité ne l'amuse, elle ne voulut pas questionner le comte.

Passant devant elle, il emprunta bientôt un chemin qui s'élevait dans les collines. Vesta, absorbée par la contemplation du paysage, ne s'inquiéta guère de leur direction. En voyant les innombrables orangers, elle songea à ses sœurs et à leurs enfants : comme ils seraient ravis d'apprendre qu'elle avait vu des oranges sur les arbres ! Elle vit également des citrons et des fruits qu'elle supposa être des grenades.

Au bout d'une demi-heure, elle s'aperçut qu'ils ne cessaient de monter. En jetant un coup d'œil en arrière, elle vit au loin, en contrebas, le petit port aux toits rouges serrés les uns contre les autres. Devant elle, à perte de vue, des montagnes de plus en plus hautes lançaient vers le ciel leurs pics neigeux. Les fleurs se raréfièrent et disparurent. Le chemin s'insinua entre les arbres sans cesser de grimper. Il faisait beaucoup plus frais, mais un soleil radieux perçait au travers des branches. Genévriers, hêtres, myrtes et le pourpre glorieux de l'arbre de Judée furent peu à peu remplacés par des chênes, des sapins et des pins. Et tandis qu'ils avançaient d'un pas égal mais sûr, Vesta comprit combien le comte avait été sage en choisissant leurs montures. Elles étaient habituées aux ascensions. Quel que fût leur manque d'allure, leur pas tranquille et régulier attestait leur endurance et leur connaissance de la montagne.

Le sentier était étroit et le comte chevauchait en tête. De temps à autre, il se retournait pour vérifier qu'elle suivait. Il ne parlait pas. Sans doute lui en voulait-il encore d'avoir, malgré ses conseils, insisté pour rejoindre le prince. « Le mariage pourra-t-il vraiment être annulé ? » se demanda-t-elle. Pourquoi lui avoir demandé de venir en Katonie si c'était pour se débarrasser d'elle ?

Mais Vesta connaissait la réponse, qui planait comme une ombre dans sa tête. Une évidence qu'elle avait essayé d'oublier et qu'elle allait pourtant devoir affronter.

2

Tout cela était tellement inattendu ! Elle se sentait oppressée rien que d'y penser.

Elle avait fait son entrée dans le monde l'année précédente, avec le succès qu'on pouvait escompter lorsque la débutante était la fille du duc et de la duchesse de Salfont. Elle était d'ailleurs habituée à la vie mondaine. La duchesse de Salfont avait reçu depuis toujours pour ses cinq filles, et Vesta, malgré son âge, avait inévitablement pris part aux réjouissances. Depuis l'âge de quinze ans, on l'invitait en même temps que ses sœurs. Les amies de la duchesse, frappées par sa beauté, estimaient que sa présence rehaussait toute réception. Toutefois les jeunes gens qui demandaient au duc l'autorisation de lui faire la cour se voyaient congédiés sommairement : « Elle est bien trop jeune ! »

Puis en février, un mois après son dix-huitième anniversaire, l'arrivée du Premier ministre de Katonie avait fait l'effet d'une bombe. Vesta se rappelait parfaitement sa stupéfaction quand son père l'avait fait venir dans la bibliothèque de Salfont House, à Berkeley Square, en disant d'un ton inhabituellement grave :

— Vesta, je veux te parler.

Ces mots préludant d'ordinaire aux griefs et aux réprimandes, elle s'était demandé ce qui allait suivre, puis le duc avait déclaré :

— J'ai reçu aujourd'hui la visite de Son Excellence le Premier ministre de Katonie. Il m'a informé que Son Altesse Royale le prince Alexandre de Katonie sollicite l'honneur de t'épouser.

Vesta avait regardé son père, trop interloquée pour répondre.

— Ce qui signifie, puisque la Katonie est une principauté indépendante, que tu seras pratiquement reine d'un État petit mais important.

Incrédule, elle avait dit, d'une façon presque enfantine :

— Mais... je ne connais pas le prince !

Lui prenant la main, son père l'avait fait asseoir sur le sofa.

— Ma chère, les mariages royaux sont arrangés, et je ne puis m'empêcher de penser que les conseillers du prince ont été très sages en lui suggérant de choisir une Anglaise pour épouse et souveraine.

— ... Vous voulez dire que cette idée n'émane pas du prince mais de son cabinet ?

– Je te l'ai dit, des intérêts diplomatiques et politiques gouvernent ce genre de choses. En fait, j'ai déjà consulté le ministre des Affaires étrangères, lord Castlereagh. Il est très anxieux de nous voir consentir aux souhaits de la Katonie.

– Mais papa, je n'ai jamais vu le prince ! s'était-elle écriée.

– C'est, je crois, un jeune homme charmant et correct. Il se trouve qu'il a du sang anglais dans les veines, sa grand-mère et son arrière-grand-mère étant toutes deux anglaises... La Katonie a toujours été en bons termes avec la Grande-Bretagne; il est important qu'elle le reste.

Le lendemain, le ministre des Affaires étrangères, le vicomte Castlereagh, lui avait fait la même remarque. Elle se trouvait en sa compagnie et en celle du Premier ministre, le comte de Liverpool, dans le salon du 10, Downing Street. Malgré l'aspect imposant de la situation, lord Castlereagh avait plu à Vesta. Son courage physique et moral faisait de lui un exceptionnel ministre des Affaires étrangères. Grand et digne, il avait hérité la beauté de sa mère. Idole de tant de femmes, il avait su, mieux que le Premier ministre ou le duc de Salfont, parler à une jeune fille sensible.

– Je dois vous révéler mes secrets... La Katonie est extrêmement importante pour la reconstruction de l'Europe. Depuis le congrès d'Aix-la-Chapelle, l'année dernière, et la réadmission de la France dans le concert européen, nous tentons désespérément de maintenir l'équilibre du pouvoir. Pour le moment, je résiste fermement au projet d'Alexandre, tsar de Russie, et du prince de Metternich, chancelier d'Autriche, de fonder une société des puissances européennes garantissant l'ordre existant sous la sanction des forces militaires.

– Je suis sûre que ce serait une erreur ! s'était

exclamée Vesta qui s'était toujours intéressée à la politique.

Lord Castlereagh lui avait adressé un sourire ensorceleur.

– Je vois que vous saisissez fort bien ces questions. Vous comprendrez donc également notre désir de vous savoir en Katonie, usant de votre influence sur le prince Alexandre.

En voyant l'expression de son visage, il avait ajouté :

– Je connais le prince, lady Vesta. Je puis vous assurer qu'il est intelligent et beau joueur.

« M'aimera-t-il ? » avait-elle voulu demander. Mais ce n'était pas là une question qu'elle était censée poser.

Le Premier ministre, bel homme même si sa lourde charge avait imprimé ses marques sur son visage, s'était montré tout aussi persuasif :

– Nous ne voyons personne, lady Vesta, qui remplirait mieux le rôle d'épouse du souverain de Katonie que la fille de votre père... Je sais, vu l'ancienneté de mes relations avec votre famille, ce que représente pour vous la Grande-Bretagne. Elle ne saurait avoir meilleure ambassadrice.

« Quelle éloquence ! » avait-elle songé. Une éloquence qui la plaçait devant la perspective d'épouser un homme qu'elle n'avait jamais vu et dont elle savait seulement que les hommes d'État en parlaient en bien.

Comme s'il avait senti son émoi, lord Castlereagh avait terminé sur ces paroles de consolation :

– J'ai visité la Katonie, lady Vesta. Le paysage y est très beau, la flore, un régal pour les yeux et l'esprit. La nature fournit parfois ce que les gens ne peuvent donner.

Vesta comprenait à présent ce qu'il avait voulu dire. Mais le ministre des Affaires étrangères n'avait pas prévu qu'elle arriverait au beau milieu d'un coup d'État et qu'une poignée de rebelles voudraient la chasser. Elle savait toutefois que le prince ne pourrait la renvoyer sans provoquer un incident diplomatique entre la Grande-Bretagne et la Katonie. Les fiançailles avaient été largement annoncées et même mentionnées au Parlement. Bien que Vesta ait eu peu de temps pour assembler son trousseau avant son départ, on avait donné de nombreuses réceptions en son honneur. Les cadeaux de mariage se comptaient par centaines et incluaient un présent du prince régent – une jarre chinoise très ancienne qui souleva l'admiration de tous ceux qui la virent.

« Non, se dit-elle, il n'osera pas me forcer à rentrer, quelle qu'en soit son envie. » Le comte avait manifestement outrepassé ses ordres en essayant de l'y contraindre. Puis la pensée qui avait assombri son arrivée revint la narguer.

Les rêveries romantiques qui faisaient partie intégrante de sa vie l'avaient poussée à bâtir un conte de fées autour du prince Alexandre. Avec une naïveté enfantine, elle s'était imaginé qu'ils tomberaient amoureux l'un de l'autre. Après tout, même sa mère lui disait que les bruns Katoniens admiraient les femmes blondes, et Vesta eût été parfaitement stupide si elle n'avait su qu'elle était très jolie. Les jeunes gens le lui disaient au bal, bien sûr, mais elle avait lu sur de nombreux visages la même expression admirative.

À son goût, pourtant, elle était petite et frêle, comparée à la beauté sculpturale de sa sœur Angelina, et trop simple, comparée à l'élégante Charlotte. Mais ses cheveux, au soleil, évoquaient l'or filé; la pureté de son teint translucide était sans rivale, et ses grands yeux d'un bleu profond pétillaient de finesse. S'il lui arrivait de porter sur elle un regard critique, à d'autres moments elle se voyait comme la princesse d'un conte, qui parcourait le monde pour rejoindre son prince charmant. Elle ne doutait pas qu'ils seraient heureux à tout jamais et imaginait les loisirs communs que permettraient leurs tâches. Selon l'aide de camp, le prince était un cavalier hors de pair, peut-être d'ailleurs parce que sa mère était hongroise.

– Les Hongrois sont de magnifiques cavaliers, n'est-ce pas ? avait-elle demandé.

– Il n'y a pas de mot pour les décrire ! Ils semblent ne faire qu'un avec leur monture et leur font accomplir d'invraisemblables prouesses.

C'était devenu un élément important des rêves de Vesta. « Nous chevaucherons dans la campagne, se disait-elle. Nous monterons dans son phaéton et nous regarderons courir ses chevaux comme je regardais ceux de papa. » Dans des conversations imaginaires, elle avouait à son futur époux ce qu'elle n'avait jamais dit à personne : ils seraient si proches l'un de l'autre ! À force de rêver, il lui semblait parfois que le prince la connaissait mieux que quiconque. Elle pouvait tout imaginer de lui, excepté son visage qui demeurait un blanc, prêt à être rempli le moment venu.

Puis vint le réveil, violent, douloureux. Ils étaient entrés en Méditerranée juste avant l'orage qui secoua le navire comme du vulgaire bois de flottage et faillit le faire sombrer. Peu avant le déjeuner, Vesta s'était enveloppée dans sa lourde cape et était montée prendre l'air sur le pont. Le vent faisait rage et les matelots se hâtaient de prendre les ris. À voir leur air décidé, elle avait deviné qu'ils prévoyaient des ennuis. Déjà les vagues se brisaient sans relâche sur la poupe en grandes gerbes d'écume. Quelques minutes avaient suffi à tremper sa cape. Elle était redescendue par l'escalier qui menait à la vaste et confortable salle à manger. Sur le mur extérieur se trouvait une rangée de patères où l'on suspendait les cirés trempés, épargnant ainsi les luxueux sièges capitonnés de la pièce. Vesta ôtait sa cape lorsque, par la porte entrouverte, la voix de l'aide de camp lui était parvenue :

– Vous voyez bien qu'elle est trop jeune, trop innocente pour affronter ce qui l'attend !

Il parlait d'un ton passionné, presque émouvant.

– Je crois que lady Vesta possède beaucoup de bon sens, avait répondu le Premier ministre.

Le capitaine était intervenu :

– Je suis de l'avis de Votre Excellence. C'est non seulement l'une des plus charmantes jeunes femmes que j'aie rencontrées à ce jour, mais elle possède en outre une très forte personnalité.

Ils s'exprimaient en anglais, sans doute à cause de la présence du capitaine, et une curiosité très humaine avait poussé Vesta à écouter ce qu'ils disaient d'elle.

– Mais elle est imaginative, sensible, avait observé l'aide de camp. Que peut-elle faire, face à Mme Züleyna ?

– Son Altesse Royale n'a-t-elle pas accepté de la quitter ? avait demandé le capitaine. La dernière fois que je suis allé en Katonie, le peuple parlait d'elle avec une haine qui aurait fait fuir tout autre qu'elle.

– Ils n'y toucheront pas tant qu'elle aura la protection du prince, avait répondu sèchement le Premier ministre. Mais je suis d'accord avec vous, capitaine, et vous ne savez pas la moitié de ce que je sais : elle est mauvaise, son influence épouvantable, et elle a nui à mon pays au-delà de l'imaginable.

– Vous avez pourtant décidé Son Altesse Royale à se marier.

– J'y suis parvenu sans trop de difficulté. Il sait qu'il devra le faire un jour ou l'autre.

– Et à ce moment-là, il devra bien abandonner cette créature, cette Turque qui démontre une fois de plus que les Turcs sont et resteront nos ennemis jurés ! s'était écrié l'aide de camp avec véhémence.

Vesta savait qu'il était amoureux d'elle et elle n'eût pas été femme si elle n'avait compris que jour après jour il l'aimait davantage. Il trouvait toujours des prétextes pour être auprès d'elle, lui parler, lui apprendre quelque chose. Pourtant, il connaissait sa place et n'eût jamais eu l'impertinence d'exprimer ses sentiments.

— Je vous ai demandé, avait repris le capitaine, si Son Altesse Royale acceptait de renoncer à Mme Züleyna ?

— Il a laissé entendre qu'il le ferait, avait répondu le Premier ministre d'une voix hésitante.

Le capitaine et le ministre étaient des amis d'enfance. Mais ni le capitaine ni l'aide de camp ne soupçonnaient l'existence d'un mariage par procuration. Le secret avait été bien gardé. Les seules personnes à le connaître, outre la famille proche de Vesta, étaient le ministre des Affaires étrangères, lord Castlereagh, et le comte de Liverpool.

Vesta ne fut pas surprise d'entendre l'aide de camp s'exclamer sur un ton qui révélait clairement ses sentiments :

— S'il ne tenait qu'à moi, ce navire mettrait immédiatement le cap sur l'Angleterre ! Pensez-vous au choc qu'éprouvera lady Vesta en apprenant l'existence de Mme Züleyna ? En constatant que l'homme qu'elle idéalise et dont elle fait un héros se ridiculise avec une maîtresse haïe et méprisée par tout citoyen digne de ce nom ?

Incapable d'en supporter davantage, Vesta avait discrètement regagné sa cabine et s'était écroulée sur son lit. Cela ne pouvait être vrai ! Elle avait imaginé cette conversation ! Comme un château de cartes, le rêve échafaudé s'effondrait autour d'elle. Mais le choc était trop grand, la vérité trop insupportable, et elle s'était efforcée de l'occulter. Elle voulait croire que tout se passerait aussi bien qu'elle l'avait rêvé. Pourtant, Mme Züleyna s'imposait à son esprit chaque fois qu'elle pensait au prince. « Une femme mauvaise », avait dit le Premier ministre. « Suis-je assez forte pour combattre le mal ? » s'était alors demandé Vesta avec angoisse.

Le soleil filtrant à travers les arbres dessinait d'étranges motifs dorés sur le sentier et elle revint brutalement à la réalité en constatant que le comte avait immobilisé sa monture, juste devant elle. Celle de Vesta alla se placer à sa hauteur.
– Voilà plus de trois heures que nous chevauchons, il serait sage de laisser reposer nos chevaux quelques instants. D'autant plus que nous arrivons à la partie la plus difficile de l'itinéraire.
– J'aimerais beaucoup me reposer, répondit-elle.
Il mit pied à terre et, passant la jambe par-dessus le pommeau, elle s'empressa de l'imiter avant qu'il ne vînt à son aide. Elle ne voulait surtout pas qu'il la touche ! Il écarta les chevaux du chemin et ceux-ci se dirigèrent vers l'herbe qui poussait sous les arbres.
– Venez avec moi, j'ai quelque chose à vous montrer.
Elle le suivit. Les arbres s'espacèrent puis disparurent. Sous le soleil éclatant, éblouissant après le sentier ombragé, Vesta vit, immédiatement devant elle, une grande étendue de rocs nus, dépouillés de toute végétation. Arides, escarpés, ils s'élançaient d'un côté vers le ciel et de l'autre tombaient en à-pic sur la vallée.
Stupéfaite, elle contempla ce paysage en se demandant quel cataclysme avait pu provoquer une telle désolation. Puis elle comprit que c'était la glaciation des siècles passés, aggravée peut-être par les neiges de l'hiver. En observant la pierre

où frappait le soleil, elle distingua un sentier étroit, permettant tout juste le passage d'un cheval, qui prenait naissance à leur niveau. Un sentier précaire, pierreux, qui bordait une falaise abrupte plongeant à des centaines de mètres au-dessous pour s'achever, dans la vallée, en un éboulis de rocs.

– C'est là que nous allons ?
Sa voix lui sembla faible et craintive.
– Si vous souhaitez poursuivre le voyage vers Djilas, répondit le comte.

Elle comprit à sa voix qu'il l'avait amenée là délibérément pour l'effrayer. Il ne fallait pas qu'il sache que l'altitude la terrifiait depuis toujours... Quand elle était très jeune, ses sœurs l'avaient un jour entraînée sur le toit du château de Salfont. Oubliant leur cadette, elles avaient escaladé les tourelles surplombant les remparts. Une heure plus tard, elles la retrouvaient paralysée par la peur, fixant d'un œil hagard la pente rapide du rempart. Rien n'avait pu la décider à bouger. Elle était restée assise, livide et tremblante. Finalement, son frère avait dû venir la chercher et la ramener dans ses bras. Cela était devenu un sujet de plaisanterie dans la famille : Vesta n'irait jamais très haut ! Mais leurs taquineries n'avaient pas effacé sa peur. Il lui arrivait de rêver qu'elle se tenait debout sur un toit; parfois elle tombait, et elle s'éveillait alors en hurlant.

Elle s'aperçut que le comte l'observait.
– Si vous souhaitez faire demi-tour, c'est le moment. Une fois que nous aurons passé ces roches et atteint les bois de l'autre côté, il sera trop tard pour le faire.

Il se fit convaincant :
– Si nous rentrons, vous pourrez dormir à Jéno. Demain, nous trouverons un bateau, et s'il ne peut vous ramener en Angleterre, il vous mènera du moins à Athènes où vous rejoindrez votre goélette.

Vesta ne répondit pas. Elle regardait l'étroite sente. Comment pourrait-elle longer l'escarpement vertical qui l'invitait presque à tomber ? Les chevaux avaient le pied sûr mais ils n'étaient pas à l'abri d'une faute !

— Il serait tellement plus simple de retourner en arrière ! reprit le comte. Je vous ai dit que le voyage était difficile. Pour l'instant, c'est le seul itinéraire à l'abri des rebelles.

Il tendit le bras et désigna la vallée en contrebas.

— Regardez, c'est la route que nous aurions dû prendre, du moins celle où vous auriez voyagé confortablement et en grande pompe jusqu'au château du baron Milovan.

Elle se força à suivre la direction de son doigt. Loin, très loin, une route encadrée par les montagnes suivait le lit tortueux d'une rivière argentée avant de disparaître à l'horizon. Elle semblait déserte, et Vesta se demanda s'il y avait vraiment des rebelles embusqués là pour l'empêcher d'entrer dans le pays. Le comte n'avait-il pas simplement tout inventé ? Était-il vraiment nécessaire de longer le précipice ? Elle eût à ce moment affronté mille révolutionnaires plutôt qu'un tel supplice !

— Retournez en arrière.

Le comte jouait délibérément avec sa peur pour essayer de la convaincre. Au prix d'un effort surhumain, elle parvint à répondre fièrement :

— Je vous ai dit, comte, que je désirais gagner Djilas. Je ne vois pas pourquoi j'aurais changé d'avis.

Elle se détourna, incapable de regarder une seconde de plus le roc aride. Elle regagna l'abri des grands arbres et s'assit sous un chêne pour observer les chevaux qui broutaient. Le comte ne l'avait pas suivie. Peut-être était-il contrarié de n'avoir pu ébranler sa détermination. Au loin, dans le bois, un petit chevreuil détala sous les branches. Afin d'oublier ce qui l'attendait, elle essaya de se rappeler les animaux qu'on trouvait en Katonie : chacal, porc-épic, chat sauvage, ours brun, lynx. « Et bien sûr, l'aigle, avait dit l'aide de camp. Certains sont dangereux. Les bergers vous diront qu'ils attaquent les agnelets au printemps. »

« Le comte est dangereux, se dit Vesta. Il essaie de m'effrayer ! Tous les moyens lui sont bons pour me faire quitter le pays ! » Eh bien, elle ne céderait pas ! Son orgueil le lui interdisait. Elle ne lui montrerait même pas qu'elle avait peur !

Une fois en selle, pourtant, quand elle le vit aborder la sente rocailleuse, elle faillit le supplier de faire demi-tour. « Je ne dois pas regarder en bas ! » se dit-elle, pétrifiée. Son cheval suivait fidèlement celui du comte, il n'avait nul besoin d'être guidé, et elle ferma les yeux en essayant de prier. « Mon Dieu, protégez-moi... Faites que je ne tombe pas... Donnez-moi du courage ! »

Lorsqu'elle rouvrit les yeux, elle constata qu'ils n'avaient guère progressé. Les sabots du cheval semblaient frôler le précipice. Elle se remit à prier, paupières closes. Soudain, l'animal trébucha. Elle inspira si violemment que ce fut comme si un couteau lui déchirait la poitrine.

– Ça va ? demanda le comte en regardant par-dessus son épaule.

« Ça va, ça va... »

Les rochers désolés renvoyaient un faible écho. Elle ne répondit pas. Les mots ne passaient pas ses lèvres serrées. Elle pouvait tout juste dire ses prières au fond de son cœur. « Je vous en prie, mon Dieu, faites que je ne tombe pas. »

Un siècle s'était écoulé. Les chevaux avançaient, leurs sabots sonnant sur les pierres branlantes, le cliquetis de leurs brides résonnant étrangement. Vesta avait abandonné toute autre prétention que de tenir en selle. Tendue, la respiration hachée, elle s'accrochait des deux mains au pommeau, les yeux clos. La peur la suffoquait littéralement, quand soudain elle entendit le comte déclarer :

– Voilà de nouveau les arbres.

Il avait parlé d'un ton léger. Osant à peine le croire, Vesta ouvrit à demi les paupières.

C'était vrai. Ils avaient quitté le soleil et se trouvaient à l'ombre d'un petit bois.

Elle sentit brusquement qu'elle allait s'évanouir. Elle s'agrippa au pommeau si violemment que sous les gants ses jointures devaient être blanches.

« Comme il va me mépriser s'il voit combien j'ai eu peur ! » Au prix d'un immense effort, elle demanda, d'une voix qui lui sembla irréelle :

– Pourrions-nous nous arrêter un instant ?
– Mais naturellement, fit-il d'un ton courtois.

Elle glissa à terre sans plus s'occuper de lui et, avançant rapidement sur le sol moussu, elle disparut sous les arbres. Elle tremblait de froid et des gouttes de sueur perlaient à son front. Quand elle fut certaine qu'il ne pouvait la voir, elle se laissa choir sur le sol. Elle tomba en avant, à demi inconsciente, et roula sur le dos. Elle n'avait plus son chapeau, qu'elle avait ôté instinctivement afin de respirer plus librement. Mais elle ne se souvenait de rien. Elle s'efforça d'inspirer et d'expirer profondément. Si les ténèbres de l'inconscience se dissipaient, elle tremblait toujours et ses doigts étaient gourds. « Une telle lâcheté est méprisable », se dit-elle. Pourquoi n'était-elle pas comme les autres, comme ses sœurs qui n'avaient jamais eu peur de grimper où que ce soit ?

Des bruits de pas lui parvinrent. Au prix d'un effort déchirant, elle réussit à s'asseoir. Quand le comte arriva auprès d'elle, elle ne détourna même pas la tête. Tout dansait devant ses yeux.

– Ça va ? demanda-t-il d'une voix inquiète.
– Bien sûr, murmura-t-elle.
Après un coup d'œil à son visage livide, il sortit un flacon de sa poche. Il ôta la petite tasse qui servait de bouchon et la remplit.
– Buvez ceci, dit-il.
Elle dut prendre la petite tasse à deux mains pour la porter à ses lèvres. Le brandy lui brûla la gorge, mais dès la première gorgée elle se sentit mieux.
– Buvez tout, ordonna le comte d'un ton péremptoire.
Elle obéit, car c'était plus facile que de discuter. Le feu de l'alcool réchauffa son corps et ses mains cessèrent de trembler.
Le comte se dressait au-dessus d'elle et elle supposa qu'il se réjouissait de sa faiblesse. Finalement, elle parvint à lui dire :
– J'ai honte d'avouer que j'ai le mal de mer... Ou peut-être est-ce le mal de terre ? Mon oncle, qui est amiral, m'a toujours dit qu'après un voyage en mer il lui fallait quarante-huit heures pour retrouver son équilibre.
Cette phrase fut une réelle victoire. Chaque mot lui avait coûté.
– C'est bien compréhensible, répondit le comte. Lord Nelson lui-même avait le mal de mer chaque fois qu'il réembarquait sur son vaisseau.
Vesta lui rendit la tasse.
– Je me sens bien, maintenant. Si vous voulez poursuivre la route...
Elle se demanda si elle pourrait se relever, mais il se pencha pour l'aider. Pour une fois, loin de lui en vouloir, elle lui en fut reconnaissante. Il ramassa son chapeau.
– Vous vous êtes blessée au front, dit-il soudain.
– Je... j'ai heurté une branche.
– En ce cas, il y avait du sable dessus, répliqua-t-il sèchement.

La soutenant légèrement, il la guida vers les montures qui attendaient patiemment. Puis il la souleva et la déposa sur la selle.

– Êtes-vous capable de continuer ? Nous ne sommes plus très loin de l'auberge où nous passerons la nuit.

– Je vais très bien, dit-elle d'un ton fier.

– Voulez-vous remettre votre chapeau ?

Elle s'aperçut alors qu'il le tenait à la main.

– Non, je n'en ai pas besoin.

– En ce cas, je le garde, répondit-il.

– Je ne voudrais pas que cela vous dérange.

– Cela ne me dérange pas. Si vous désirez vous arrêter à nouveau, dites-le-moi.

– Votre brandy m'a guérie du... mal de mer. Ça va aller, maintenant.

Elle n'osa pas le regarder, de crainte qu'il ne lût son mensonge dans ses yeux. « Il me mépriserait s'il savait que mon malaise était l'effet du vertige et de la lâcheté », se dit-elle.

Ils se remirent en route. Le soleil était bas dans le ciel et l'épaisseur du feuillage emplissait le bois de mystère. « Je me demande s'il y a des dragons tapis dans l'ombre. » Enfant, elle imaginait que les dragons vivaient dans les pinèdes et s'inventait des histoires où des chevaliers en armure étincelante venaient la délivrer des monstres.

Mais le comte n'avait rien d'un chevalier à l'armure étincelante. Il évoquait plutôt le diable tentateur, essayant de lui faire oublier son devoir et appelant contre elle, lorsqu'elle repoussait la tentation, tous les feux de l'enfer.

« Les feux de l'enfer, voilà une excellente comparaison. Je préférerais les affronter chaque jour plutôt que me retrouver au bord de ce gouffre ! »

3

Le chemin s'enfonçait, rectiligne, entre des bois touffus. Les arbres s'éclaircirent soudain et un bâtiment apparut devant eux. Il n'était guère avenant avec son colombage grossier et son toit maintenu par de grandes pierres. À première vue, il semblait abandonné : la plupart des fenêtres n'avaient plus de vitres, certaines semblaient bouchées par des chiffons. La surprise de Vesta dut être visible car le comte expliqua :

– Cette auberge n'est utilisée que par les bûcherons et les chasseurs lancés sur la piste d'un ours ou d'un chamois. C'est le seul endroit où nous puissions nous reposer... à moins que vous ne préfériez chevaucher toute la nuit ?

– Bien sûr que non ! Nous aurons du moins un toit sur notre tête.

Elle essaya de sourire. Pourtant, l'auberge paraissait encore plus délabrée vue de près. Vesta soupçonna aussi qu'elle était extrêmement sale. Les yeux rivés sur la bâtisse, elle n'avait pas vu le comte mettre pied à terre et n'eut pas le temps de réagir quand il la souleva de sa selle.

– Il y a une sorte d'écurie, je vais y abriter nos montures, dit-il.

– Je viens avec vous, répondit-elle avec empressement.

Elle répugnait à entrer seule dans l'auberge. En tout cas, le comte ne s'était pas trompé en parlant d'une « sorte d'écurie ». C'était plutôt une étable avec deux box grossiers, contenant chacun un baquet d'eau ainsi que du foin apparemment humide. Les chevaux, débarrassés de leur selle, le mâchonnèrent pourtant avec un plaisir évident.

Le comte referma les box à l'aide d'une barre de bois retenue par une corde.

— Ils sont habitués à vivre à la dure, fit-il en souriant. Mais vous ?

— Je me débrouillerai aussi bien que vous, soyez sans crainte, rétorqua-t-elle.

Il espérait qu'elle serait mal à l'aise, évidemment ! Elle passa devant lui, la tête haute, bien résolue, quel que soit l'état de l'auberge, à ne pas se plaindre. Ils poussèrent la porte basse et entrèrent dans l'auberge. Une grosse bûche se consumait lentement dans la vaste cheminée encadrée par deux grands bancs de bois. Au fond de la pièce, une table et quatre chaises branlantes. Nul autre meuble.

Une femme d'âge moyen apparut, portant le costume du pays. Sale et débraillée, elle contrastait avec les séduisantes et souriantes femmes de Jéno. Son tablier aurait eu grand besoin d'être lavé, sa robe était tachée et ses cheveux bruns tombaient en désordre sur ses épaules.

Elle répondit au salut du comte dans un dialecte que Vesta jugea incompréhensible. Ce n'était pourtant pas l'avis du comte qui, après un long échange, se tourna vers Vesta en déclarant, avec ce qu'elle prit pour un regard moqueur :

— Mauvaises nouvelles. Son mari est à la chasse et ne rentrera sûrement pas ce soir. Il n'y a rien à manger dans cette maison.

— Rien ? demanda Vesta qui aurait fait honneur à un bon repas.

— Elle dit qu'il n'y a rien. Elle va tuer une de ses poules et la faire cuire pour qu'on puisse l'emporter demain. Cela ne sera pas prêt ce soir.

— Si elle a des poules, elle doit avoir des œufs.

— C'est une idée.

Le comte se tourna aussitôt vers la femme et Vesta la vit hocher la tête.

— Écoutez, dit Vesta en s'adressant au comte,

demandez-lui avec diplomatie si je peux les préparer moi-même. Expliquez-lui que je viens de faire un voyage en mer et que mon estomac est encore très fragile. Je ne voudrais pas la blesser, mais je suis sûre de cuisiner mieux qu'elle.

– Cela vous gênerait qu'elle soit blessée ?
– Évidemment ! répliqua-t-elle sèchement. Répétez-lui ce que je vous ai dit.

Le comte obéit et la femme haussa les épaules, visiblement indifférente. Vesta la suivit alors dans la cuisine et put ainsi vérifier le bien-fondé de ses présomptions. La pièce était sale, imprégnée d'odeurs; les poêlons et les casseroles accrochés au-dessus de l'âtre étaient dans un état de crasse indescriptible, et les tables, maculées de graisse. Empoignant un panier, la femme sortit par une porte donnant sur l'extérieur, vraisemblablement pour aller ramasser les œufs. Puis on entendit les gloussements d'une poule : elle devait maintenant capturer leur repas du lendemain.

Vesta regarda autour d'elle, ne sachant par où commencer. Puis elle prit une poêle et partit à la recherche de l'aubergiste. En vain. Sans doute la poule, répugnant à être assassinée, l'avait-elle entraînée dans les bois. À quelque distance de l'auberge, Vesta trouva, par contre, une petite cascade tombant du flanc de la montagne et courant parmi les arbres.

De toute évidence, c'est là que l'aubergiste se procurait de l'eau. Mais Vesta comprit qu'elle n'aurait pas la force de ramener un baquet rempli. Elle revint à l'auberge et trouva le comte en train de prendre des bûches dans un gros tas de bois, afin d'alimenter le feu.

– J'aurais besoin de votre aide pour soulever un seau d'eau.
– Un seau ?

Si elle ne l'avait pas tant détesté, l'expression de son visage à ce moment l'aurait amusée.

– Avant d'utiliser la poêle, je veux la nettoyer.

Il la dévisagea un moment et sourit. C'était la première fois qu'elle le voyait sourire franchement; son visage, transfiguré, perdait son aspect effrayant. Vesta prit dans la cuisine un lourd seau en bois et le lui tendit, certaine qu'il n'avait jamais soulevé un tel objet !

Derrière l'auberge, une chèvre naine bêlait, attachée à un piquet, de jeunes poulets grattaient le sol au milieu des débris de végétaux pourris, de plumes, d'objets puants, méconnaissables. Quelques légumes poussaient au hasard parmi une multitude de mauvaises herbes, robustes et agressives. La nature avait fait de son mieux pour compenser tant de laideur : l'églantier était chargé de roses de couleur vive, et partout où elles pouvaient survivre, de petites fleurs tournaient vers le soleil leur corolle jaune, bleue ou blanche.

Vesta mena le comte à la cascade. Elle avait emporté une vieille poêle noircie, un chiffon sale et un couteau pris sur la table de la cuisine.

– Voulez-vous me rapporter un premier seau pour que je puisse laver tout ça ? demanda-t-elle.

Il obéit et l'observa, ses yeux noirs pétillant. Elle frottait énergiquement la poêle, le visage grave, concentré sur sa tâche, ses longs cils baissés tranchant sur sa peau claire. Le soleil qui perçait à travers les arbres dorait sa chevelure et une brise légère caressait de petites boucles sur sa nuque. Elle semblait irréelle, une nymphe égarée, une petite déesse descendue de l'Olympe pour pétrifier les simples mortels.

– Votre nom est insolite.

– Vesta était la déesse romaine du foyer, répondit-elle.

– Et donc déesse du feu.

Comme elle ne répondait pas, il ajouta :

– Y a-t-il du feu dans vos veines ? La plupart des Anglaises sont aussi froides que la neige des montagnes.

– Combien d'Anglaises connaissez-vous ? Si notre peuple semble froid et réservé, c'est parce que nous avons du sang-froid et de la fierté.

– Je ne parle pas du peuple anglais, mais des Anglaises en général, et de vous en particulier.

– En quoi est-ce que cela vous intéresse ?

Soupçonnant quelque arrière-pensée, elle avait parlé d'un ton agressif. Mais le comte répondit d'une façon désarmante :

– Il est normal que je m'intéresse à l'épouse de mon prince.

– Oui... naturellement.

– Vous n'avez pas répondu à ma question. Y a-t-il en vous un peu du feu de votre homonyme ?

– Je crains de ne pas comprendre... balbutia-t-elle.

– Mais si. Aspirez-vous à aimer, à être aimée ? Un homme saurait-il accélérer le souffle qui passe entre ces douces lèvres ? Vos yeux pourraient-ils s'enflammer de désir ?

Elle crut avoir mal entendu. Écarlate, elle répondit d'un ton sec :

– En admettant que vous ayez le droit de poser ces questions, comte, je n'y répondrai pas.

Il se mit à rire doucement. Vesta lava le linge et l'essora dans ses petites mains. Après quoi elle s'en servit pour faire briller le récipient.

– Auriez-vous l'amabilité de remplir à nouveau le seau ? J'aimerais me laver avant de me coucher.

– La propreté étant évidemment l'ornement des déesses ! fit-il d'un ton moqueur.

– Elle est surtout fort agréable.

– Certes, madame.

Elle était convaincue qu'il se gaussait de ses efforts pour leur procurer à tous deux un repas convenable.

– Vous ne vous attendiez pas à devoir préparer vous-même votre premier dîner en Katonie, reprit-il.

Peut-être essayait-il de rendre la conversation plus banale afin d'atténuer la gêne provoquée par son impertinence ?

— Effectivement ! répondit-elle. Je pensais être reçue en grande cérémonie dans un cadre somptueux !

— Ça vous aurait plu !

— Ce doit être... exaltant !

Le comte haussa les sourcils, et Vesta ajouta :

— J'ai cinq sœurs plus âgées que moi. J'ai toujours dû porter leurs robes, m'asseoir dans les voitures le dos tourné aux chevaux et faire les travaux dont elles ne voulaient pas.

Le comte se mit à rire.

— Et vous pensiez que votre nouveau titre vous apporterait la splendeur, la pompe et la richesse dont vous aviez rêvé...

— En un sens, répondit-elle, la tête penchée sur la poêle qu'elle astiquait.

— Vous risquez d'être déçue, observa le comte.

— Pourquoi donc ?

— Vos rêves s'avéreront peut-être plus exaltants que la réalité... Dans un conte katonien, une jeune fille dort pendant cent ans avant d'être éveillée par le baiser d'un prince...

— C'est l'histoire de la belle au bois dormant ! s'écria Vesta. Elle a été écrite par un Français.

Ignorant son interruption, le prince reprit :

— Je me dis souvent que la princesse répugnait peut-être à devoir à nouveau affronter la réalité du monde et qu'elle regrettait ses rêves perdus.

— Mais elle est tombée amoureuse du prince, protesta Vesta.

— C'est la version française ? La nôtre se termine différemment, je crois.

— Le prince n'avait pas envie de... l'embrasser ?

Elle avait parlé impulsivement et le rouge lui monta aux joues. Comment avait-elle pu aborder un sujet aussi intime avec le comte ? Elle se détourna à demi, furieuse et confuse. Elle rinça de nouveau le linge et l'essora avec plus d'application qu'il n'était nécessaire. Comme s'il avait senti et compris sa tension, le comte demanda d'un ton léger :

– Vous savez vraiment cuisiner ?

– Ce sera à vous d'en juger... J'avoue que j'aurais préféré disposer d'autres instruments !

Il souleva le seau et, l'eau débordant à chacun de ses pas, ils rentrèrent à l'auberge. Au même moment la femme apparut, le corps flasque d'une volaille à la main. Elle dit quelque chose d'un ton provocant.

– Notre hôtesse déclare qu'elle a tué une vieille poule. Elle n'en sacrifierait pas une jeune pour le prince en personne.

– Je suis sûre que Son Altesse Royale serait déçue par un tel manque de patriotisme ! fit Vesta en souriant.

La femme passa auprès d'eux pour aller à la cuisine.

– Vous seriez plus à l'aise installé devant le feu, comte, dit Vesta. Si j'ai encore besoin de vos services, je vous appellerai.

– Vous êtes trop aimable, rétorqua-t-il d'un ton sarcastique.

Il se dirigea toutefois docilement vers la grande pièce. L'aubergiste avait également rapporté des œufs, et Vesta, qui avait eu la sagesse de casser séparément les plus sales, constata qu'ils dégageaient une odeur fétide.

En la voyant réapparaître, le comte, qui avait entendu des rires fuser de la cuisine, déclara :

– On dirait que vous vous amusez...

– Notre hôtesse adore me voir pincer le nez quand je trouve un œuf pourri ! Notre compréhension du langage des signes s'améliore à vue d'œil !

Elle tendit la main vers lui.

– Je voudrais savoir si ces champignons que

j'ai ramassés à côté de l'auberge sont comestibles. Je me demande si les rouges ne sont pas vénéneux.

– En effet ! Ce sont des amanites tue-mouches. Elles poussent dans les forêts de pins, et sans être mortelles, elles nous feraient sûrement passer une nuit agitée !

– C'est bien ce qu'il me semblait. Et ceux-là ?

Elle lui montrait deux champignons jaunes parsemés de taches brunes.

– Ce sont des suillus elegans, très appréciés en Katonie. Bien préparés, ils sont délicieux.

– C'est un défi ! rétorqua Vesta en retournant à la cuisine.

Une heure plus tard, elle réapparut, apportant sur la table un plat et deux assiettes. Puis elle repartit et revint avec deux fourchettes.

– Je les ai nettoyées, dit-elle d'un ton rassurant.

Elle divisa l'omelette avec une cuillère et lui servit la plus grosse part.

– Mangez vite tant que c'est chaud.

Le visage rougi par le feu, ses boucles blondes encadrant son front, elle était adorable. Le comte la contempla longuement. Finalement, il s'assit et piqua sa fourchette dans l'omelette. Dès la première bouchée, il put constater qu'elle était délicieuse. Légère et brun doré à l'extérieur, elle contenait des champignons hachés menu et cuits préalablement dans du lait de chèvre.

– Félicitations ! s'exclama-t-il. Je ne vous savais pas si douée.

– Maman dit toujours qu'on ne doit rien demander à une domestique qu'on ne puisse faire soi-même. Et à vrai dire, j'aime cuisiner.

– Au palais, vous ne serez malheureusement pas admise dans la cuisine du chef !

– J'aurai peut-être d'autres occasions de montrer mes talents.

Elle songeait aux chevauchées imaginaires en

compagnie du prince. Mais elle se souvint avec un pincement au cœur que ce n'était sans doute pas elle qu'il voudrait emmener.

Sa part d'omelette achevée, elle desservit et revint de la cuisine avec un autre plat et deux assiettes chaudes.

– Encore ? s'étonna le comte.

Il avait débouché une des bouteilles trouvées dans un placard, un vin âpre, la boisson quotidienne des paysans katoniens. Il en versa deux verres.

– Je crains que le menu ne soit limité, s'excusa Vesta, son sourire creusant deux fossettes de chaque côté de sa bouche. Je ne sais pas non plus comment réagira votre pain noir à une recette anglaise, mais essayez donc vous-même.

Elle posa le plat sur la table. Il en émanait une agréable odeur de fromage, et le comte se servit. Vesta avait déniché dans la cuisine non seulement le pain noir qu'elle espérait, mais aussi un vieux fromage de chèvre fait par la femme de l'aubergiste. Il était très dur, mais après l'avoir coupé en fines tranches puis additionné de lait de chèvre et d'oignons trouvés dans le jardin, elle était parvenue à produire une pâle imitation des rôties au fromage. Elle regarda anxieusement le comte.

– Excellent ! dit-il. J'espère qu'un jour où vous aurez fait la cuisine vous-même, vous m'inviterez à dîner.

– Le fromage de chèvre n'est pas idéal pour cela, fit-elle, critique, mais comme j'ai faim, je l'apprécie tout de même.

– Moi aussi, et je vous félicite. Peu de femmes, a fortiori une princesse, auraient pu préparer un tel repas en si peu de temps, avec si peu d'ingrédients !

Vesta lui sourit, et pour la première fois elle oublia sa haine.

– Vous êtes gentil. En tout cas, si nous mourons empoisonnés, ce ne sera pas ma faute. Je n'ose penser à ce que subissent les hôtes de cette auberge !

– Les Katoniens sont des gens propres en principe, mais cet endroit est tellement isolé qu'il y vient très peu de voyageurs. Les clients habituels entrent seulement pour boire un verre. Le mari de cette femme gagne l'essentiel de son argent dans les bois, l'auberge n'est qu'un à-côté.

– Peu de gens auraient envie d'y manger, j'imagine.

– À moins que vous ne fassiez la cuisine.

– En voyant que personne ne m'attendait à Jéno, je me suis demandé comment je paierais ma pension, une fois à court d'argent. Je me disais que je pourrais toujours ramasser des oranges, mais après tout, j'aurais pu trouver un emploi de cuisinière. J'aimerais savoir faire le plat de poisson qui m'a été servi au déjeuner.

– Au moins, vous avez l'esprit pratique.

– Si seulement c'était vrai ! Maman me gronde toujours parce que j'ai la tête dans les nuages.

– Et à quoi pensez-vous, là-haut ?

Le crépuscule était tombé. Dans la petite pièce aux vitres sales, faiblement éclairée, les flammes projetaient de grandes ombres. Sans savoir pourquoi, Vesta se sentait détendue.

– À tant de choses... répondit-elle.

– À quoi pensez-vous en chevauchant à travers bois, aujourd'hui ?

Le plus souvent, elle avait pensé au prince, mais ce n'était pas là un sujet qu'elle avait envie d'aborder avec le comte et elle répondit vivement :

– En regardant les fleurs – je n'en avais jamais vu d'aussi belles –, je me disais qu'elles devaient être vivantes... tout comme nous.

Elle fit une pause avant de reprendre, en choisissant soigneusement ses mots :

– Je me dis parfois qu'il est cruel de les cueillir.

C'est un assassinat puisqu'elles meurent. C'est peut-être aussi douloureux pour elles que pour nous...

Elle se tut, et une soudaine appréhension l'étreignit. Comment avait-elle pu livrer ses pensées secrètes au comte, entre tous les hommes !

Elle guettait son rire et c'était comme d'attendre un coup dont elle pressentait la douleur. Mais il répondit tranquillement :

— C'est ce que croient certains bouddhistes, et comme ils ne veulent pas supprimer la vie, ils ne cueillent jamais de fleurs.

— Je croyais être seule à... y avoir pensé.

— À mesure que les gens deviennent plus sages et se développent spirituellement, je suis sûr qu'ils redécouvrent les mêmes vérités fondamentales.

Vesta resta silencieuse, réfléchissant à ce qu'il venait de dire. Soudain elle s'exclama :

— C'est l'une des choses les plus agréables qu'on m'ait jamais dites !

Puis, intimidée, elle se leva.

— Je... je vais aider à préparer le poulet pour demain, dit-elle d'une façon un peu incohérente avant de s'enfuir.

Le comte entendit bientôt des voix et des rires venant de la cuisine. Apparemment, les deux femmes se comprenaient.

Bien du temps s'était écoulé lorsque Vesta réapparut, accompagnée par l'aubergiste qui tenait une bougie.

— Elle veut me montrer ma chambre, déclara Vesta.

— Je vais monter le seau d'eau, répondit le comte en se dirigeant vers la cuisine.

Ils gravirent ensuite l'escalier de bois, la femme en tête, avec la bougie allumée, suivie de Vesta.

— C'est un honneur, dit le comte comme ils arrivaient sur le palier. Les bougies sont précieuses, dans cette région, et les gens vont se coucher avant la nuit.

— J'en suis très touchée, fit-elle en souriant.
Il n'y avait que deux petites chambres à l'étage.
Elles se trouvaient côte à côte et leurs portes délabrées fermaient mal. Vesta suivit la femme dans la première et comprit l'utilité de la bougie. La fenêtre sans vitres était obstruée par des chiffons et de vieux sacs. Il n'y avait ni lumière ni air dans la pièce. Un lit de facture grossière était accoté contre un mur; contre un autre, une table sur laquelle se trouvait une bassine. Rien d'autre, pas même une chaise. Un coup d'œil suffit à Vesta pour constater que les couvertures étaient trouées et très sales.
Le comte versa de l'eau dans la bassine et reposa le seau sur le sol.
— Bonne nuit, madame, dit-il poliment.
Comme il se retirait, à la lueur de la bougie elle eut l'impression qu'il avait un sourire déplaisant. Sa haine pour lui, oubliée tandis qu'ils prenaient le repas qu'elle avait préparé, lui revint avec une force accrue. Il devait se réjouir de savoir qu'elle n'avait jamais vu une chambre aussi horrible. Il y aurait des puces dans ce lit ! Ou pire !
La femme posa la bougie sur la table.
— Bonne nuit, dit-elle.
Elle souriait et fit même une révérence maladroite.
— Bonne nuit et merci, répondit Vesta.
La bougie jetait d'étranges ombres au plafond. Vesta regarda le lit d'un air horrifié. Puis elle alla se laver les mains et le visage dans l'eau froide de la bassine. Un regard à la serviette où elle voulait s'essuyer suffit à la dissuader de s'en servir et elle sortit son mouchoir. Un coup fut frappé à la porte.
— Qui est-ce ? demanda-t-elle nerveusement.
— Je vous apporte vos affaires qui étaient dans ma sacoche, répondit le comte. Je me suis dit que vous les aviez oubliées.

– Ah ! C'est parfaitement exact. Je vous remercie.

Elle ouvrit la porte et prit son maigre bagage.

– Bonsoir, madame, dit-il en s'inclinant légèrement. Je vous souhaite une bonne nuit.

– Moi de même, comte, répondit-elle doucement.

Elle ferma la porte et l'entendit entrer dans la chambre voisine. Elle serrait dans ses bras le petit paquet contenant sa jolie chemise de nuit et ses brosses, n'ayant nulle intention de se dévêtir dans ces conditions sordides. Il faisait d'ailleurs de plus en plus froid. Le comte bougeait dans la pièce à côté, et soudain, elle prit une décision. Craignant de salir la jupe de son habit, elle étendit sa cape sur le bord du lit, puis s'assit. Elle attendit, trop longtemps à son goût, qu'il n'y ait plus un bruit dans la maison. Après quoi, elle ôta ses petites bottes en chevreau et, ramassant toutes ses affaires, ouvrit doucement la porte.

Ses bottines à la main, redoutant chaque craquement de l'escalier de bois, elle gagna à pas de loup la pièce du devant. Les bûches que le comte avait jetées dans l'âtre brûlaient encore. Vesta posa ses objets sur un banc et s'allongea sur l'autre, enveloppée dans sa cape noire. C'était fort inconfortable. Au bout d'un moment, elle se leva pour aller remettre du bois dans le feu, avec mille précautions, puis elle ôta l'élégante veste à galons blancs, la roula pour en faire un oreiller et s'allongea de nouveau. Le banc était dur, mais le feu la réconfortait et la lassitude l'envahit d'un seul coup. Elle avait vécu une journée très éprouvante, et l'appréhension de son arrivée, le terrifiant supplice de la chevauchée, la lutte avec le comte avaient prélevé leur tribut. Ses paupières se fermèrent...

Le bruit d'une bûche tombant dans l'âtre lui parvint à travers son sommeil. Elle ouvrit les yeux et constata qu'elle n'était pas seule. Assis sur le banc de bois de l'autre côté de la cheminée, se trouvait le comte. Il la regardait et, l'esprit embrumé, elle songea que c'était son regard noir et pénétrant qui l'avait éveillée. Elle le dévisagea un instant puis, somnolant à demi, elle dit :

– Je vous prenais pour un aigle mais... vous m'avez sauvée.

– Un aigle ? demanda-t-il de sa voix profonde.

– J'étais en train de tomber, murmura-t-elle.

Ses yeux se refermèrent et elle retourna à ses rêves.

4

Le jour filtrait par les vitres sales et elle se demanda où elle se trouvait. Puis elle vit les dernières braises qui rougeoyaient dans l'âtre et, en face d'elle, étendu sur l'autre banc de bois, le comte. Il dormait profondément.

Très doucement pour ne pas l'éveiller, elle se leva. Elle était légèrement courbaturée, mais cette nuit de sommeil avait chassé toute fatigue et elle se sentait pleine d'énergie. Elle jeta un coup d'œil au comte; il s'était débarrassé de sa cravate, sa chemise béait. Les traits détendus, il semblait beaucoup plus jeune et moins intimidant. « Peut-être parce que ses yeux sont fermés », se dit-elle. Mais elle détourna le regard, répugnant à l'observer alors qu'il était inconscient.

Sa cape sous le bras, elle se pencha pour prendre ses affaires au pied du banc où les avait posées le comte, et se dirigea sans bruit vers l'escalier. Le bois craquait à chacun de ses pas, mais une fois en haut, elle regarda en arrière et vit qu'il dormait toujours.

Lorsqu'elle entra dans sa chambre, l'odeur lui parut épouvantable. Sans hésiter, elle ôta les haillons qui bouchaient la fenêtre afin de laisser pénétrer les premières lueurs du jour. Elle voulait se laver soigneusement avant de reprendre la route. S'ils atteignaient Djilas aujourd'hui, elle ne tenait pas à apparaître fagotée comme une bohémienne.

Après un coup d'œil pour vérifier qu'il ne poussait que des buissons sous la fenêtre, elle y versa l'eau de la bassine qui avait servi la veille à sa toilette. Après quoi, elle se déshabilla, posant ses vêtements non sur le sol qui n'avait pas dû voir un chiffon depuis des lustres, mais sur sa cape. La toilette à l'eau froide la revigora; elle se sécha dans sa chemise de nuit. « Je m'en ferai prêter une à Djilas en attendant l'arrivée de mes bagages », se dit-elle.

Elle se vêtit, se brossa les cheveux qu'elle arrangea de son mieux devant un fragment de miroir fixé au mur. Un peu de poudre sur le nez, après quoi, elle descendit l'escalier.

Tout cela lui avait demandé un certain temps, aussi ne fut-elle pas surprise de trouver la salle vide. En se dirigeant vers la cuisine, elle croisa le comte qui en sortait. Il s'était rasé et portait de nouveau sa cravate.

— Vous vous levez tôt, observa-t-il.
— Je voulais faire un brin de toilette.
— Vous êtes très élégante, reprit-il sans qu'elle sût s'il s'agissait d'une raillerie ou d'un compliment.

L'aubergiste leur prépara des œufs à la coque. Des œufs durs, en fait, mais Vesta sentit qu'il eût été grossier de se plaindre. La vieille poule cuite la veille selon ses instructions avait l'air tendre et plutôt appétissante. Les oignons et le lait ajoutés dans la casserole l'avaient agréablement parfumée. Vesta la découpa et, ne trouvant rien de propre, l'emballa dans le papier qui avait enveloppé sa chemise de nuit. Peut-être pourraient-ils cueillir en chemin, pour améliorer leur maigre pitance, quelques-uns des fruits qui foisonnaient dans la vallée.

Le comte avala à la hâte ses œufs et son pain noir. Bien qu'il n'eût rien dit, Vesta sentit qu'il était impatient de partir.

– Avons-nous beaucoup de chemin à faire aujourd'hui ? demanda-t-elle.

– Cela dépend. Je n'ai pas suivi cette piste depuis un certain temps. Neige et torrents la transforment d'année en année et la rendent presque méconnaissable. Il est possible que nous devions faire un détour.

Elle se dit qu'il essayait de la décourager et n'en douta plus lorsqu'il demanda, en ramenant les chevaux :

– Vous êtes bien sûre de ne pas vouloir faire demi-tour ?

– Je vous l'ai déjà dit, j'ai l'intention d'aller à Djilas.

C'était sans doute une simple taquinerie mais sa réponse fut très sérieuse. Même si elle avait voulu revenir sur ses pas, elle était incapable d'affronter de nouveau le sentier rocailleux.

Le comte paya l'aubergiste, qui leur fit ses adieux, toute souriante. Vesta lui tendit la main.

– Merci beaucoup, fit-elle dans son katonien hésitant.

La femme lui posa une question, et Vesta regarda le comte d'un air interrogateur.

– Notre hôtesse demande si vous êtes satisfaite de votre nuit, dit-il.

– Voulez-vous lui dire que c'était parfait ?

Il haussa les sourcils.

– Je vous croyais sincère ?

– Je le suis. J'ai dormi comme un charme, vous le savez.

Il transmit fidèlement le message. Heureuse, la femme joignit les mains et les salua en leur souhaitant bonne route. Elle resta là à leur faire des signes d'adieu et Vesta y répondit tant qu'elles purent se voir.

— Elle a fait de son mieux, déclara-t-elle en se retournant.

— Vous êtes très charitable.

— Ce sont les intentions qui comptent. C'est une erreur que de trop demander.

Se souvenant de ce qu'avaient dit ses parents, elle ajouta :

— Il ne faut jamais trop attendre des gens.

— Si l'on veut s'épargner des déceptions, répliqua le comte d'un ton ironique.

Vesta ne répondit pas. Elle songeait qu'en arrivant à Djilas, elle ne devrait pas trop attendre du prince. Peut-être ne lui plairait-elle pas d'emblée, mais s'ils pouvaient avoir ne fût-ce que des rapports amicaux, l'amour viendrait peut-être un jour. Un mariage sans amour devait être pénible à vivre.

Ils suivaient, comme la veille, un chemin sous les arbres. Le soleil qui se levait annonçait une journée chaude et elle ôta son chapeau. Elle le tenait devant elle mais ce n'était pas pratique et elle préféra finalement le laisser pendre dans son dos en nouant les deux extrémités du ruban. Elle quitta aussi ses gants qu'elle glissa dans la poche de sa veste. Sa mère n'aurait guère apprécié cette tenue désinvolte, mais après tout, nul ne pouvait la voir. Peut-être même enlèverait-elle sa veste. En tout cas, elle commençait à comprendre pourquoi le comte chevauchait sans cravate.

Les chevaux avançaient d'un pas égal qui montrait leur habitude des longs voyages et leur intention de se ménager. Les rayons dorés perçant sous les feuillages lui évoquaient les mythes grecs, et bientôt elle se perdit dans ses rêveries. Peut-être la mythologie katonienne était-elle identique ?

— Il me semble que nous ferions bien de manger cette vieille poule avant qu'elle ne vieillisse davantage, fit le comte en immobilisant sa monture.

Elle se laissa glisser à terre avec un sentiment de soulagement.

— J'avoue que j'ai vraiment faim !

Elle laissa l'animal errer à sa guise. Les arbres étaient plus clairsemés, et là où perçait le soleil, un tapis d'herbe émaillé de fleurs couvrait le sol. Elle distingua de petites fraises des bois toutes rouges. En poussant un cri de ravissement, elle s'élança avec un enthousiasme enfantin.

— Des fraises ! J'en étais sûre !

Elles étaient chaudes, sucrées. Vesta en cueillit une poignée pour le comte. Adossé à un tronc, il découpait la poule. Vesta posa les fruits sur le papier qui avait enveloppé leur repas.

— J'irai en chercher d'autres mais mangeons d'abord la poule.

— Si je connaissais mieux la flore de mon pays, je pourrais vous trouver de la laitue sauvage. Malheureusement, dans ce domaine ma culture laisse à désirer.

— En arrivant ici, je projetais justement de me renseigner sur les simples.

— Pourquoi ?

— Plantes médicinales, baumes et lotions n'ont pas de secrets pour maman. Nous avons à la maison un jardin d'herbes aromatiques qui fut planté sous le règne d'Henry VIII.

Elle mordit dans un morceau de poule et poursuivit :

— Ce serait bien meilleur si j'avais pu trouver du basilic. Je me demande comment ça se dit en katonien.

— Il faudra que vous trouviez un livre de cuisine.

— Il y a une grande bibliothèque au palais ?
— Oui, très complète. Feu le prince Andreas, le père de Son Altesse Royale, était un lecteur insatiable.
— C'est merveilleux. Mais il faudra d'abord que j'apprenne mieux la langue.
— Apparemment, vous avez la ferme intention de vous installer ici.

Le rouge lui monta aux joues.
— Vous comptez encore me renvoyer chez moi ? Vous êtes obstiné, mais je suis aussi déterminée que vous et rien ne me fera repartir.
— Rien ?
— Sauf la mort du prince. Croyez-vous que les rebelles pourraient le tuer ?

Le comte haussa les épaules.
— Cela vous affligerait tellement ?
— Mais... naturellement... je serais bouleversée.
— D'avoir perdu un mari que vous n'avez jamais vu ?

Persuadée qu'il s'ingéniait à la mettre mal à l'aise, elle rétorqua :
— Il me semble qu'une fois de plus, comte, vous pénétrez dans un domaine qui n'est pas le vôtre.

Elle s'efforçait d'avoir l'air digne, mais en dévorant une poule, assise au milieu des bois, les cheveux décoiffés par la brise, cela ressemblait à une gageure. Une lueur d'amusement brilla dans les yeux du comte.
— Vous êtes bien sévère, madame.
— J'essaie de me comporter... correctement. Vous ne me facilitez guère la tâche.
— En ce cas, je vous présente mes excuses les plus sincères.

Pour une fois il n'était pas sarcastique et, détournant les yeux, elle dit :
— Je ne peux m'empêcher de me sentir seule et... nostalgique. Quand mon bateau est reparti,

mon dernier lien avec l'Angleterre s'est brisé. Alors j'essaie d'aimer tout ce que je vois ici puisque la Katonie sera dorénavant ma patrie.

Le frémissement involontaire de sa voix trahissait son émotion, et le comte déclara, d'un ton qu'elle ne lui connaissait pas :

– Si mon attitude vous a rendu les choses encore plus difficiles, je vous en demande pardon.

Incapable de garder rancune à quelqu'un qui se repentait de ses paroles ou de ses actes, Vesta sourit timidement et se leva.

– Je vais chercher des fraises. Je suis sûre qu'il y en a d'autres.

Il la suivit des yeux. Quittant l'ombre des arbres, elle marcha au soleil vers un petit plateau tapissé de fleurs qui descendait en pente rapide vers les arbres. Elle ne s'était pas trompée : quantité de baies rouges se cachaient sous leurs feuilles vertes. Elle en ramassa une poignée et lorsque sa main ne put en contenir davantage, elle décida de les porter au comte.

Comme elle revenait sur ses pas, il y eut un sifflement dans l'herbe. Un long serpent noir se dressait devant elle.

Elle resta pétrifiée. Impossible de reculer, impossible également de passer à côté de lui sans qu'il attaque. Elle poussa un cri involontaire. Le comte se leva.

– Qu'y a-t-il ?

Le serpent sifflait, agressif, et elle craignit que sa voix ne l'excite davantage. Elle se souvenait vaguement qu'il vaut mieux ne pas bouger, face à un reptile. Elle resta donc immobile, ses fraises à la main, les yeux rivés sur l'animal. Sa présence le dérangeait visiblement : il dressait la tête, dardait sa langue fourchue, ses yeux jaunes l'observaient d'un air menaçant. Elle eut la certitude qu'il allait fondre sur elle et lui mordre la cheville.

Le comte atteignait la lisière du bois. Il comprit

aussitôt ce qui se passait. Avec une incroyable dextérité, il courut à son cheval, tira quelque chose de sa sacoche et revint d'un pas décidé.

– Ne bougez pas !

Au son de sa voix, le serpent tourna la tête. Un coup de feu claqua. L'animal tomba, la tête fracassée, et l'écho de la détonation se répercuta dans les montagnes à travers la vallée. Le comte s'approcha, prit Vesta dans ses bras pour l'éloigner du reptile qui se tordait encore, la queue fouettant l'air. En la reposant sur ses pieds, il regarda son visage livide.

– Vous n'avez rien ? Il ne vous a pas touchée ?

– Non... je vais très bien, répondit-elle en s'éloignant.

« Je ne dois montrer aucune émotion, se dit-elle sévèrement. Je dois rester calme. Que va-t-il penser si j'ai peur d'un serpent ? » La détonation résonnait encore à ses oreilles, et lorsqu'elle fut près de son cheval, elle dut s'agripper à la selle. Le comte arriva sur ses talons et sortit de sa sacoche de selle une ceinture de soie rouge semblable à celle des habitants de Jéno. Il la fixa à sa taille et y glissa le pistolet. De toute évidence, elle était conçue pour porter soit un pistolet, soit un couteau.

– J'aurais dû prévoir qu'à cette époque, il y aurait des serpents, dit-il d'un ton coléreux. En omettant de vous avertir, en ne portant pas mon arme, j'ai fait preuve d'une négligence criminelle. Cela ne se reproduira pas.

– Était-ce un serpent venimeux ? demanda-t-elle d'une voix qu'elle espérait calme.

– Précisément ! Il y a beaucoup de serpents en Katonie ; certains sont inoffensifs, mais une morsure de celui-ci peut être fatale.

Tout en parlant, il la souleva et la déposa sur sa selle.

– Dépêchons-nous de retrouver la civilisation.

Nous avons goûté suffisamment aux joies de la nature pour le restant de notre existence.

Il sauta en selle et trotta à une allure plus soutenue. Les arbres alternaient à présent avec les rochers et Vesta remarqua que le comte jetait des coups d'œil autour de lui. Lorsque la piste s'élargit, elle se plaça à sa hauteur.

– Que cherchez-vous ? demanda-t-elle.

– Rien de particulier mais il vaut mieux éviter d'attirer l'attention dans cette contrée. Elle a une réputation relativement malsaine et un coup de feu s'entend à des kilomètres à la ronde.

– Comment ça, « malsaine » ?

Au même moment, des hommes jaillirent des sous-bois et se ruèrent vers eux. La main du comte se portait déjà sur son pistolet mais il comprit que c'était inutile. Leurs assaillants étaient au moins une douzaine. Ils portaient des manteaux sans manches en peau de mouton ou en fourrure, et au-dessous, de grossières tuniques de coton blanc. Ils étaient nu-tête, leurs cheveux étaient gras et en désordre, de même que leurs longues moustaches ou leurs barbes. Tous avaient à la main une solide perche et, glissé dans une ceinture semblable à celle du comte, un énorme couteau. Vesta et le comte, qui avaient immobilisé leurs montures, furent encerclés.

– Que voulez-vous ? demanda le comte.

Un des hommes prit la parole. Si Vesta ne put saisir un mot de son dialecte, le comte répondit vertement.

– Nous sommes de simples voyageurs. Nous voulons seulement poursuivre notre route.

L'homme répliqua d'un ton rude. C'était un individu d'allure déplaisante, affligé de strabisme ; la cicatrice qui courait de la pommette au coin de sa bouche lui donnait une apparence quasi grotesque. L'un des hommes s'avança et saisit la bride du cheval de Vesta, un autre fit de même avec celui du comte.

— Que se passe-t-il ? demanda-t-elle d'une voix effrayée.
— Ils veulent nous mener à leur chef.
— Leur chef ?
— Ce sont des brigands, expliqua le comte. Nous ne pouvons que nous plier à leurs exigences.

Deux des hommes tirèrent de leur ceinture un large mouchoir crasseux et l'un d'eux s'approcha de Vesta. Elle eut un mouvement de recul, mais le comte lança quelques mots d'un ton sec et dénoua sa cravate.

— Ils veulent nous bander les yeux. Je leur ai dit que vous êtes ma femme et que nul ne doit vous toucher. Je vais le faire moi-même.

Sans mettre pied à terre, il se pencha et lui mit l'étoffe sur les yeux. En la nouant, il murmura :
— Tâchez de ne pas avoir peur.

Il voulait la rassurer mais leur position n'en était pas moins déplaisante, si ce n'est dangereuse. Sans doute le comte avait-il lui aussi les yeux bandés. Elle entendit son cheval passer devant elle et s'accrocha à sa selle en se demandant ce qui allait se produire. Les hommes parlaient peu et comme elle ne pouvait les voir, leur silence était d'autant plus oppressant.

Quittant le sentier, ils gravirent à une allure régulière le flanc de la montagne. Ils progressaient en zigzag et des branches cinglaient parfois Vesta. Au bout d'une demi-heure, ils quittèrent sans doute le bois car les sabots des chevaux sonnèrent sur du roc. Elle se demanda craintivement s'ils longeaient un précipice comme celui qu'ils avaient vu la veille. Le comte ne lui parlait pas mais elle avait une conscience aiguë de sa présence. À un moment donné, il s'adressa au meneur et elle reconnut le mot « argent ». Sans doute offrait-il d'acheter leur liberté. « Ils ont dû nous capturer pour avoir une rançon », se dit-elle. La réponse du brigand fut brève, acerbe, et elle devina que leur sort résidait entre les mains du chef.

Ils grimpaient inlassablement. Le soleil était brûlant sur ses mains et sa tête nues, mais une brise fraîche souffla bientôt, descendue vraisemblablement des cimes. « On doit être très haut », songea-t-elle. L'ascension continuait pourtant. Les heures passèrent. Les poneys grognaient de fatigue, les hommes soufflaient bruyamment. Finalement, il y eut un ordre sec, les chevaux s'immobilisèrent et Vesta, horrifiée, sentit des bras puissants la soulever. Elle se demandait si elle devait enlever son bandeau quand elle entendit la voix du comte.

– Donnez-moi la main.

Soulagée, elle chercha la sienne.

– Est-ce qu'ils vont nous tuer ? demanda-t-elle, toute tremblante.

– J'espère que non.

Il semblait inquiet. On les poussa en avant. Vesta tâtait le terrain du pied en priant pour ne pas trébucher. Puis quelqu'un parla.

– Nous pouvons ôter nos bandeaux, dit le comte.

Soulagée, elle dénoua vivement la cravate. Il lui fallut un certain temps pour habituer ses yeux non au soleil qu'elle attendait, mais à la semi-obscurité d'une caverne. Outre la clarté provenant de l'entrée, deux torches éclairaient cet antre immense, creusé dans une roche grise et sombre.

Ils se trouvaient au centre de la grotte. Une vingtaine d'hommes et de femmes, peut-être trente, tous vêtus comme leurs ravisseurs, les dévisageaient. Il y avait aussi de petits enfants bruns à l'allure maladive. Les femmes étaient si peu avenantes qu'il était difficile d'admettre qu'elles appartinssent au même sexe que la jeune fille. Mais le regard de Vesta était rivé sur l'homme qui, de toute évidence, était le chef.

Il était plus imposant que ses compagnons.

Ses yeux rusés luisaient d'un éclat vif dans un visage portant les cicatrices de maints combats. Son nez, cassé, avait une forme étrange et ses cheveux grisonnaient. Il parla d'un ton rude auquel le comte répondit calmement. Il expliquait sans doute qu'ils étaient de simples voyageurs vaquant à leurs affaires. Il fit un geste vers Vesta, la désignant de toute évidence comme sa femme.

Le chef dit quelque chose et s'esclaffa. Le comte ne sourit pas. Puis l'homme s'adressa à ses compagnons et un murmure parcourut leurs rangs. En voyant certains d'entre eux porter la main au couteau glissé dans leur ceinture, Vesta eut réellement peur.

Le comte se fit éloquent. Il menaça, cajola, implora, mais tout ce qu'il disait semblait n'obtenir que des réponses inacceptables. À nouveau, elle reconnut le mot « argent » mais elle avait le sentiment étrange que cela n'intéressait guère le chef. Finalement, la discussion n'aboutissant visiblement à aucune conclusion satisfaisante, le comte demanda l'autorisation d'expliquer à Vesta ce qui se passait. Le chef hocha la tête. Le comte se tourna vers elle et l'expression qu'elle vit alors sur son visage la fit trembler.

– Que veulent-ils nous… faire ? murmura-t-elle.

– Ils ont l'intention de nous tuer. Ils disent que nous avons violé leur territoire et que je dois mourir.

Elle voulut parler mais aucun son ne franchit ses lèvres.

– Ils vous épargneront si vous devenez la femme – ce qui est un euphémisme – de l'homme qui nous a conduits ici. C'est le frère du chef.

Vesta ne comprenait pas. Puis elle se souvint de l'homme à la cicatrice, et elle déclara d'une voix qui ne tremblait pas :

– Vous allez me tuer.

Ce n'était pas une question, mais l'énoncé d'une évidence. Le comte la regarda dans les yeux.

– Bien sûr.

– Comment... ferez-vous ?

– Ils ont pris mon pistolet, mais j'ai un couteau dans ma ceinture.

Elle retint son souffle.

– Il y a un endroit, je crois... juste entre... les seins... murmura-t-elle.

– Je le connais.

– Je ne voudrais pas... crier devant...

– Bien sûr, je comprends.

Elle eut l'impression de vivre un mauvais rêve, cela ne pouvait pas être vrai ! Pourtant, elle se sentit étrangement calme, comme si le choc lui ôtait toute faculté de s'émouvoir et que le fait de mourir ne lui importât plus.

– Je vais leur demander si je peux vous faire mes adieux. Ils s'attendront à des démonstrations et des pleurs. C'est ce qui leur plaît.

Il se tourna vers le chef. Après avoir exposé longuement sa requête et reçu une réponse également éloquente, il fit face à Vesta.

– Il nous donne trois minutes. Défaites votre veste et passez-moi les bras autour du cou. Vous dissimulerez ainsi le mouvement de ma main quand je sortirai mon couteau. Une fois prêt, je vous embrasserai et je frapperai en même temps. Vous avez compris ?

– J'ai compris, fit-elle sans le quitter des yeux.

Elle déboutonna sa veste et, serrée contre lui, elle lui mit les bras autour du cou. Jamais elle ne s'était trouvée aussi près d'un homme mais elle n'eut pas conscience que cette première fois serait aussi la dernière. Elle sentait battre le cœur du comte. Du bras gauche, il lui enserrait la taille tandis que sa main droite cherchait sa ceinture. Elle sentit glisser le poignard.

– Continuons à parler, dit-il, ils ne peuvent

pas comprendre et prendront cela pour de la tendresse.

— Comment vont-ils... vous tuer ?

— Avec leurs couteaux, répondit le comte. Mais quand on meurt, peu importe la manière.

— Vous êtes sûr que je serai... morte avant qu'ils vous... L'idée de rester vivante parmi eux m'est insupportable.

— Je vous promets que vous mourrez. Vous n'aurez pas mal.

Le chef parla et Vesta comprit qu'il leur restait peu de temps. Hommes, femmes, enfants, tous s'étaient approchés pour ne pas perdre une miette du spectacle, et le silence se fit.

— Vous êtes prête ?

— Je suis... prête.

— Posez vos lèvres sur les miennes.

Elle le sentit ramener sa main à hauteur de sa poitrine. Dans une seconde le couteau percerait sa peau à cet endroit si vulnérable. Elle inspira et de tout son être pria pour rester brave jusqu'au bout. « Mon Dieu, aidez-moi... » Ses bras se resserrèrent autour du cou du comte.

Soudain, un cri déchira le silence de la grotte. Si aigu, si intense qu'ils tournèrent la tête d'un même mouvement.

Une femme pointa l'index sur un enfant debout auprès d'eux, un bambin d'environ dix-huit mois, rachitique, décharné. Le visage cramoisi, les yeux exorbités, il suffoquait devant l'assistance figée. Les hurlements déments de la femme se répercutèrent contre le roc. Vesta lâcha le comte. Saisissant l'enfant d'un geste instinctif, elle le tint, tête en bas.

Quelque chose tomba de sa bouche et roula au sol. Un caillou ! On l'entendit résonner en heurtant la pierre car la femme avait cessé de pleurer. Elle se baissa pour le ramasser, et Vesta reposa l'enfant au sol. Aussitôt il se mit à pleurer — les sanglots d'un petit garçon qui avait eu très peur. Sa mère, sans y prêter attention, brandit le caillou de sorte que chacun pût le voir puis elle s'agenouilla devant Vesta et lui baisa la main. Les larmes ruisselaient sur son visage; d'une voix brisée, elle répétait inlassablement les mêmes mots.

Comme Vesta regardait le comte, une rumeur éclata dans la caverne. Le chef des brigands s'avança et le silence se fit tandis qu'il déversait sur son peuple un flot de paroles. Elle n'avait pas compris un seul mot mais elle vit son sourire lorsqu'il s'agenouilla devant elle. La femme lui tenait toujours la main, une autre avait pris l'enfant dans ses bras et le consolait.

– Le chef dit que vous avez sauvé la vie de son fils, déclara le comte calmement. Il a cinq filles mais cet enfant est son héritier.

Il reprit, d'un ton grave où perçait le soulagement :

– Nous ne sommes plus ses prisonniers mais ses hôtes. Un festin va se tenir en notre honneur.

Vesta le regarda, médusée. Puis elle chancela.

– Tout va bien, fit-il en lui passant le bras autour des épaules. C'est terminé. Vous nous avez sauvé la vie.

Elle inspira profondément et sentit se dissiper la brume, le sentiment d'irréalité, la proximité de la mort.

Les femmes s'affairaient autour du chef pour prendre ses instructions.

– Que se passe-t-il ? demanda Vesta.

– Ils vont tuer une chèvre, et si nous venons de frôler la mort, je puis vous assurer que lorsque nous mangerons cet animal, nous en serons encore plus près !

Elle devina qu'il plaisantait pour tenter d'alléger l'horreur qu'ils venaient de vivre.

– Vous aimeriez sans doute vous asseoir, mais l'ameublement de cet endroit semble relativement succinct.

Son regard parcourut la caverne. Des sortes de sièges recouverts de peaux de bêtes étaient disposés tout autour, mais avant qu'il ait pu la guider vers l'un d'eux, une jeune femme s'approcha. Une femme laide, sale, aux cheveux en bataille. Elle était très maigre, visiblement sous-alimentée, et en voyant le nourrisson qu'elle tenait dans ses bras, Vesta crut d'abord qu'il était mort.

C'était un bébé tout petit, décharné, au visage bleuâtre.

– Que dit-elle ? demanda-t-elle au comte.

– Elle vous demande de l'aider mais vous ne pouvez rien faire.

– Qu'en savez-vous ?

– Ce serait une erreur d'essayer. Il mourra, de toute manière, et ils risquent de dire que c'est votre faute.

– Mais je dois essayer de l'aider ! Qu'est-ce qu'il a ?

– Je vous dis de la laisser tranquille, répondit le comte d'un ton sec. Vous avez accompli un miracle, ne tentez pas le sort.

Vesta se raidit et s'écarta de ses bras protecteurs.

– Je veux savoir ce que dit cette femme. Traduisez, s'il vous plaît.

Elle le regardait droit dans les yeux. Une fois de plus, leurs deux volontés s'affrontaient.

– C'est un ordre ? demanda-t-il, un rictus aux lèvres.

– Oui. Brigands ou pas, ces gens appartiennent à mon peuple.

– Fort bien, madame, fit-il en soupirant. Si vous amenez le courroux du chef sur nos têtes, je n'y pourrai rien.

Il se tourna impatiemment vers la femme.

– Le bébé a quatre jours et elle n'a pas de lait, expliqua-t-il ensuite à Vesta. Elle demande si vous pouvez l'aider comme vous avez aidé sa sœur... Admettez-vous enfin que vous n'y pouvez rien ?

— Demandez-lui si elle a essayé de le nourrir.

Il transmit la question.

— Ils ont voulu lui donner du lait de chèvre à la cuillère mais il n'avale pas.

— Évidemment, il est trop jeune.

Poussées par la curiosité, les autres femmes faisaient maintenant cercle autour d'eux.

— Dites à l'une d'elles de ramener du lait de chèvre, si possible dans un récipient propre.

— Cela me paraît difficile, fit le comte d'un ton sec.

Il traduisit néanmoins les instructions de Vesta. Celle-ci toucha les mains de l'enfant. Elles étaient froides, il ne vivrait sans doute plus très longtemps.

On lui apporta le lait qui venait d'être tiré. Vesta sortit de sa poche un de ses gants.

— Il me faut une cuillère, dit-elle au comte.

On lui en tendit une qu'elle utilisa pour verser le liquide dans le premier doigt. Les hommes s'étaient également approchés et tous l'observaient.

— J'espère que vous savez ce que vous êtes en train de faire, fit le comte à mi-voix.

Vesta ne l'écoutait pas. Après avoir empli le premier doigt, elle prit la broche piquée à son corsage et perça un trou dans la douce suède. Puis elle le plongea dans le lait de chèvre et le pressa contre la bouche du bébé. L'enfant ouvrit la bouche et émit un faible cri. Vesta introduisit le doigt plus avant et les lèvres du nourrisson sur lui se refermèrent. Il téta, d'abord faiblement, puis vigoureusement, comme s'il avait enfin trouvé la nourriture qui lui convenait.

Et Vesta fut littéralement assiégée par les femmes : toutes s'arrachaient ses conseils. Le comte s'efforçait de ramener le calme en leur donnant la parole l'une après l'autre et en les obligeant à attendre leur tour.

– Dites-moi, comte, que mangent-ils ?
– Surtout de la viande. Les hommes chassent le chevreau dans les montagnes ainsi que l'ours, dont ils raffolent. Ils ont aussi un plat traditionnel à base de porc-épic, je crois.
– Et les fruits ? Les légumes ?
– Ils n'en voient sans doute pas la nécessité.

Vesta lui demanda d'expliquer aux mères que chaque enfant devrait dorénavant manger au moins une orange par jour. Elles en trouveraient sans peine dans la vallée. Elle leur fit dire également de ramasser les fraises des bois, de conserver des citrons et suffisamment d'olives pour qu'en hiver les enfants puissent consommer journellement quelques gouttes d'huile d'olive.

Elles écoutaient, bouche bée. Le comte déclara :
– L'une d'elles, apparemment plus intelligente que les autres, demande ce qu'elles feront en hiver quand il n'y aura plus de fruits. Je suppose qu'ils souffrent tous d'un genre de scorbut.
– Qu'elles fassent bouillir dans de l'eau pendant une heure une poignée d'aiguilles de pin et boivent chaque jour cinq tasses de cette décoction.
– Vous êtes sûre que c'est efficace ? demanda-t-il, surpris.
– C'est ce qu'on fait en Sibérie. Ma mère l'a appris d'un Russe.

Il traduisit. Les mères hochèrent la tête, et Vesta sut qu'elles suivraient ses instructions.
– Il faudrait qu'elles puissent se procurer du miel.
– Si elles se donnent la peine de le ramasser, il y en a plein dans les bois. Vous imaginez bien qu'avec tant de fleurs, les essaims ne manquent pas.
– Alors, dites-leur que si leurs maris ne sont pas des couards, ils doivent penser aux enfants.

Qu'elles se moquent d'eux s'ils ont peur des piqûres !

Un éclat de rire accueillit la traduction du comte.

– Les enfants en prendront trois cuillerées par jour tout au long de l'année. Ils pourront aussi en mettre dans la décoction de pin s'ils ne l'aiment pas.

Les questions fusaient de toutes parts et Vesta se sentit bientôt très lasse. Finalement le comte lui prit le bras et l'entraîna vers l'un des sièges accolés au mur. Sans protester, les femmes se mirent à bavarder, s'affairant pour dresser au milieu de la pièce la table où se tiendrait le festin.

– Je leur ai dit que la consultation était terminée pour aujourd'hui ! Dites-moi, comment savez-vous tout cela ?

– Je vous ai dit que je m'intéressais aux simples.

– Je n'arrive pas à croire qu'une femme aussi belle puisse savoir tant de choses. Vous nous avez sauvé la vie.

– Nous avons eu de la chance, dit-elle avec simplicité. J'ai vu mon oncle agir ainsi avec l'une de mes nièces : l'objet coincé dans sa trachée s'est délogé de la même manière.

– Nous ne devions peut-être pas mourir. En tout cas, pas maintenant.

– Vont-ils nous laisser partir ? demanda-t-elle d'une voix inquiète.

– Nous devons passer la nuit ici. Le banquet se prolongera tard. Il est organisé en notre honneur et ce serait une insulte que de les quitter trop vite. Mais je suis certain que demain le chef tiendra parole et nous rendra notre liberté.

– Je l'espère... murmura-t-elle.

Le comte posa une main sur les siennes, et ce geste lui apporta un étrange réconfort.

5

Du plus âgé des brigands au plus jeune des enfants, chacun appréciait manifestement le festin. Quand la chèvre rôtie fut apportée dans la caverne, sa tête était encore attachée et Vesta se sentit défaillir. Le chef des brigands servit d'abord ses hôtes, puis lui-même et enfin sa famille. Après quoi, les autres, armés de leurs couteaux, taillèrent chacun le morceau de leur choix.

Vesta regardait, horrifiée, le monceau de viande dressé dans son assiette. Elle se trouvait placée au centre de la grande table, à côté du comte, lui-même assis à droite de leur hôte.

— Mâchez la viande, murmura le comte. Puis ôtez-la de votre bouche et donnez-la aux chiens sous la table.

Il reprit, une lueur malicieuse dans les yeux :

— Ce ne sont peut-être pas les bonnes manières mais celles-ci semblent faire défaut à nos hôtes.

Effectivement, les brigands enfournaient d'énormes bouchées, les mâchaient avec délices et les recrachaient quand bon leur semblait. Ils étaient servis par les femmes, Vesta étant la seule à rester assise. Elle était soulagée de ne pas se trouver à côté de l'homme qui l'avait réclamée. Il ne la quittait pas des yeux tout en mangeant avec voracité, et son expression la fit frissonner. Effrayée, elle se rapprocha du comte. Celui-ci l'observa d'un air interrogateur.

— Vous ne me laisserez pas seule avec lui, n'est-ce pas ?

— N'ayez pas peur, je vous promets qu'il ne vous approchera pas.

Malgré tout, elle ne put s'empêcher de trembler chaque fois qu'elle croisait son regard.

Un vin rouge semblable à celui de l'auberge circulait à volonté. Bientôt les rires se firent plus bruyants. Vesta était heureuse de ne pouvoir comprendre des plaisanteries qui devaient être extrêmement grossières. Elle but un peu et mangea du pain noir, assez bon malgré son acidité. Elle apprécia même le fromage de chèvre, moins vieux, moins dur que celui qu'elle avait fait griller la veille.

Lorsqu'on emporta enfin la carcasse de la chèvre, Vesta était très lasse.

Le chef s'adressa au comte, qui se tourna vers Vesta.

– Nous sommes comblés d'honneur : le chef et sa femme nous laissent leur propre grotte. Je leur ai dit que c'était inutile, mais ils insistent.

La faveur était pourtant moins grande qu'il n'y paraissait. La grotte, contiguë à celle où ils avaient dîné, était petite. Une peau d'ours, tendue devant l'entrée, l'en séparait, obstruant la seule source d'air et de lumière. Le lit consistait en une pile de fourrures. Il n'y avait pas d'autres meubles.

L'épouse du chef apporta une torche de bouleau qu'elle piqua dans un support mural.

– Elle dit qu'elle va brûler environ dix minutes, déclara le comte. Nous ferions donc bien de nous préparer à nous coucher.

Après bien des au revoir, le chef et sa femme se retirèrent, et la peau d'ours retomba derrière eux. Vesta regarda le lit, pleine d'appréhension. Le comte, voyant son expression, déclara :

– Votre cape va nous être très utile. Je ne me fie pas aux fourrures et je suppose que vous non plus.

Au souvenir de la crasse des brigands et de leurs femmes, elle frissonna. Le comte prit la cape et l'étala sur le lit, la plus grande largeur placée là où reposerait leur tête. Seuls leurs pieds seraient en contact avec la fourrure.

— Il n'est sans doute pas très conventionnel que nous partagions le même lit, mais vous n'avez sûrement pas envie que j'aille dormir dans l'autre grotte ?

Vesta songea à l'homme au strabisme, à la façon dont il la regardait pendant le banquet, et elle frémit.

— Non... je vous en prie, ne me laissez pas.

— Je ne peux pas non plus vous proposer de dormir sur une chaise, puisqu'il n'y en a pas. Et très franchement, madame, le sol ne m'inspire pas.

— Bien sûr. Nous pouvons nous allonger tous deux sur le lit. De toute façon, il n'est pas question de se déshabiller.

Elle frissonna. Après la chaleur du banquet, elle était d'autant plus sensible au froid venu des montagnes enneigées. « L'altitude doit être élevée », songea-t-elle.

Un peu intimidée, elle s'allongea en prenant soin de rester au bord du lit.

— C'est très doux, fit-elle. Je me demande quelle est la valeur de ces fourrures.

— Vous voulez peut-être vous en faire un manteau ?

— Sûrement pas. Mais je trouve curieux qu'ils ne les vendent pas. Cela leur permettrait de s'acheter des meubles.

— Ils sont sans doute heureux comme ça et persuadés de vivre dans le luxe. Ce ne sont pas des Katoniens mais des Albanais qui ont fui leur pays et la cruauté des conquérants turcs. J'entends parler d'eux depuis des années mais, fort heureusement, je ne les avais pas encore rencontrés.

— Vous croyez qu'ils ont tué beaucoup de gens ?

— Les voyageurs qui s'aventurent sur leur territoire doivent le payer de leur vie, je suppose. Toutefois, nous n'avons pas eu de chance. S'ils n'avaient pas entendu mon coup de feu, nous serions peut-être passés sans qu'ils s'aperçoivent de notre présence.

Tout en parlant, il s'était couché avec précaution. Il était lui aussi étendu près du bord et un grand espace les séparait.

— Essayons de dormir, fit-il en s'installant plus confortablement. Les brigands nous ont sans doute considérablement éloignés de notre route. Une longue chevauchée nous attend demain.

— Je suis très fatiguée, ça ne devrait pas être difficile, répondit Vesta.

Elle songea alors qu'ils ne devaient leur vie qu'à un miracle. Où les brigands les auraient-ils enterrés après les avoir tués ? La seule pensée qu'ils puissent toucher son cadavre la fit frissonner.

— Vous avez froid ? demanda le comte.

— Pas vraiment. Je tremblais en songeant que nous aurions pu... mourir.

— N'y pensez plus ! fit-il d'un ton sec.

La flamme vacilla et s'éteignit, laissant derrière elle le parfum du bouleau. La caverne était très sombre, mais une fois ses yeux accoutumés à l'obscurité, Vesta aperçut, sous la peau d'ours, de la lumière provenant de la caverne contiguë. « Je vais essayer de penser aux fleurs, au soleil », se dit-elle. Elle ferma les yeux, tentant d'oublier la présence du comte à ses côtés.

Il y eut un faible bruit.

— Qu'est-ce que c'est ?

— Des rats, je suppose.

Elle poussa un cri de frayeur et se jeta dans ses bras, agrippée à son manteau.

— Ne les laissez pas s'approcher ! Éloignez-les ! s'écria-t-elle frénétiquement.

Après un instant de stupéfaction, le comte mit son bras autour d'elle.

— Tout va bien, fit-il d'une voix douce. Je ne les laisserai pas vous faire du mal.

— Ils risquent de courir sur moi, murmura-t-elle. Je ne peux pas le supporter.

Raide de peur, elle s'agrippait à son revers, le visage caché contre son épaule, l'oreille en alerte. Soudain, elle releva un peu la tête et dit d'un ton accusateur :

— Vous riez !

— Tout à l'heure, vous étiez la plus brave, la plus vaillante femme que j'aie jamais vue. Vous avez affronté la mort sans un cri, sans un murmure. Vous n'avez pas bronché en face d'un reptile, et voilà que vous avez peur d'un rat !

— Je n'y peux rien, murmura-t-elle. J'ai... honte de vous montrer combien je suis lâche, mais ils me terrifient.

— Je ne penserai jamais que vous êtes lâche et je crois qu'aucune autre femme n'aurait pu faire preuve d'un tel courage en s'apprêtant à mourir de ma main.

Vesta ne répondit pas, et au bout d'un moment, il s'aperçut qu'elle pleurait.

— Qu'ai-je dit ? Comment ai-je pu vous bouleverser ? demanda-t-il d'une voix inquiète.

— C'est juste que vous êtes... si gentil, dit-elle en sanglotant. Il m'est plus facile d'être courageuse quand... je vous déteste.

Le comte resserra son étreinte.

— Vous avez subi bien des épreuves, dit-il doucement. Mais c'est fini et grâce à vous nous sommes encore en vie.

Elle luttait pour retrouver son sang-froid. Bientôt, elle lâcha le revers de son manteau et, tirant un mouchoir de la poche de sa veste, elle s'essuya les yeux.

— J'ai... j'ai honte.

— Il n'y a aucune raison.

— Vous pensez que je suis... courageuse, dit-elle d'une voix très basse. Mais ce n'est pas vrai. Je vous ai menti, hier. Je n'étais pas malade à cause de la traversée en bateau. En fait... – elle avala sa salive, c'était difficile d'être honnête – ... mon malaise était dû à... la peur de longer le précipice. J'ai toujours été sujette au... vertige.

Elle se sentait si pitoyable qu'elle cacha de nouveau son visage.

– C'est extrêmement courageux de me dire la vérité, dit le comte, mais j'avoue que je m'en doutais un peu.

Il la regarda dans la pénombre et ajouta tranquillement :

– Nous avons tous un talon d'Achille. Peut-être un jour découvrirez-vous le mien.

– Il y a donc une chose qui vous fait peur ? demanda-t-elle, étonnée.

– Naturellement, mais je n'ai pas le courage de vous dire ce que c'est.

Il y eut un silence puis Vesta balbutia :

– Vous ne direz pas au prince que j'ai eu le vertige et que j'ai pleuré ?

– Vous ne voulez pas qu'il le sache ?

– Non, je vous en prie, ne lui dites pas. Maman dit qu'il est très mal élevé de manifester ses émotions et que les membres d'une famille royale sont toujours courageux, même sous les coups de feu ou les bombes des anarchistes.

– Et les autres genres d'émotion ? Comptez-vous également les supprimer ?

– Quel genre d'émotion ?

– L'amour, par exemple ?

Il y eut un silence.

– Maman m'a dit que je ne devais pas attendre... l'amour, répondit-elle d'une toute petite voix.

– Pourtant vous l'espérez ! dit-il gentiment.

Vesta fut suffoquée. Comment savait-il qu'elle priait pour que le prince l'aimât et qu'elle l'aimât aussi ? Mais ce n'était pas là le type de conversation qu'elle devait avoir avec un inconnu, ami du prince de surcroît.

– Ma mère, répondit-elle lentement, trouverait

inconvenant que je vous parle aussi... intimement. Et bien que je ne voie pas ce que nous pourrions faire d'autre, elle serait aussi très choquée de nous voir... allongés côte à côte.

Tout en parlant, elle se libéra de ses bras et regagna l'extrémité du lit.

— Il y a deux choses que vous devriez prendre en compte. La première, c'est que les circonstances sont parfaitement exceptionnelles. La deuxième, c'est que votre mère, qui se trouve à des milliers de kilomètres d'ici, n'a pas à faire face à des rats dans cette grotte.

Vesta entendit de nouveau les craquements qui l'avaient effrayée. Instinctivement, elle se jeta vers le comte et s'agrippa à lui, tremblant que le bruit ne se rapproche et qu'elle ne sente un rat courir sur le lit.

— Croyez-vous qu'il y en ait beaucoup ? murmura-t-elle.

Sa voix tremblait. Par-dessus sa tête, le comte aperçut la silhouette d'un grand chat très mince à longue queue qui passait sous la peau d'ours pour gagner la caverne principale. Il resserra ses bras en souriant.

— Vous ne risquerez rien tant que vous resterez près de moi.

Vesta était seule lorsqu'elle s'éveilla. Elle leva la tête et regarda autour d'elle. Nulle trace du comte. La clarté était beaucoup plus vive que la veille. Derrière la peau d'ours, légèrement tirée de côté, elle pouvait voir les gens s'affairer dans la caverne principale. Elle s'assit sur le lit et aperçut le comte parmi les brigands. Il était en train de se raser, entouré d'un cercle d'enfants.

Elle se leva et, constatant avec consternation que ses vêtements étaient froissés, elle brossa jupe et jupons. Quand la duchesse avait acheté le bel habit d'amazone chez l'un des tailleurs les plus réputés de Londres, elle ne prévoyait certainement pas l'usage qui en serait fait !

Au bout du lit, Vesta vit le petit paquet qui contenait ses affaires et que le comte avait dû lui apporter. Elle fut heureuse de retrouver sa brosse et son peigne, et malgré l'absence de miroir, elle s'efforça de mettre un peu d'ordre dans sa coiffure. « Il serait inutile de demander de l'eau », songea-t-elle. En outre, elle devinait que le comte tenait à partir tant qu'ils étaient encore libres de le faire.

Ramassant sa cape, son petit paquet, elle pénétra dans la grande caverne.

Aussitôt les femmes se précipitèrent vers elle. Son bébé dans les bras, la mère du nourrisson s'approcha la première en parlant avec enthousiasme. Vesta regarda l'enfant avec appréhension puis avec ravissement. Il allait incontestablement mieux. Son visage avait perdu sa teinte bleue, ses mains minuscules étaient chaudes à présent. La mère essayait d'expliquer qu'elle lui avait donné à boire à plusieurs reprises. Vesta sortit son autre gant. Le comte s'était approché et elle lui dit :

– Expliquez-lui qu'elle doit prendre soin des gants et n'utiliser un nouveau doigt que lorsque l'autre sera usé. Si le trou s'agrandit, le lait coulera trop vite et l'enfant sera malade.

Le comte traduisit le message et la femme hocha la tête en signe de compréhension.

Les questions fusaient, concernant la santé de chacun. Vesta cherchait les remèdes aux maux dont semblait souffrir toute la communauté, et le comte, promu interprète, devait faire un va-et-vient continuel entre le groupe et les chevaux qu'il essayait de seller. En cas de toux, de gorge irritée, lui expliqua-t-elle, ils devaient boire du lait chaud sucré au miel, dans lequel aurait infusé de l'ail.

– La gentiane est un excellent tonique pour

les femmes anémiées comme la mère de ce minuscule bébé, dit-elle. J'ai vu beaucoup de clochettes bleues dans les montagnes, mais dites-leur que les fleurs jaunes sont les plus efficaces.

Le comte sourit.

– Voilà un remède dont j'ai entendu parler, dit-il. Selon la légende, il fut révélé au roi Ladislav de Hongrie alors qu'il priait pour que son peuple soit épargné par la peste qui ravageait son pays.

Le regard de Vesta s'éclaira.

– C'est une belle histoire... Les racines coupées en morceaux devront macérer dans du vin. Qu'ils prennent une cuillerée de ce breuvage avant les repas. Ils pourront le garder tout l'hiver à condition de le mettre dans des bouteilles bouchées.

– Nous devons partir, dit le comte à voix basse. Indiquez-leur un dernier moyen de se maintenir en bonne santé pour qu'ils puissent continuer à voler et tuer les voyageurs. Après quoi, nous ferons nos adieux !

– J'espère qu'ils ne vous comprennent pas !

– Aucun risque. Que dois-je leur dire ?

– L'écorce de bouleau est également un bon tonique et un dépuratif qui soulagera les enfants atteints d'eczéma. D'après maman, c'est un excellent remède pour les vieillards.

Le comte traduisit puis, ignorant le flot de questions qui jaillissait encore des lèvres, il attira Vesta jusqu'à l'entrée de la grotte.

– Ils vont nous bander les yeux, alors dites au revoir.

Vesta tendit la main à la femme du chef. À son grand embarras, celle-ci s'agenouilla et embrassa sa main, bientôt imitée par les autres femmes. Le comte lui couvrit ensuite les yeux de sa cravate, la souleva dans ses bras et la déposa sur sa selle.

On lui banda les yeux à son tour, et ils s'éloignèrent, guidés par les hommes, suivis des cris d'adieu du chef.

Soudain, les femmes poussèrent des hurlements déchirants.

— Elles disent qu'elles ne vous reverront plus jamais, expliqua le comte.

— Dites-leur que je reviendrai, dit-elle. Ou bien qu'elles viendront me voir. Mais je promets de ne pas les oublier.

— Vous êtes sûre que je dois leur dire ça ?

— Tout à fait sûre.

Il répéta ses propos avec une évidente éloquence. Un cri triomphal s'éleva et bien qu'elle ne pût voir les femmes, elle agita la main en signe d'adieu, certaine qu'elles lui répondaient. Leurs cris l'accompagnèrent longtemps.

Elle savait que le comte chevauchait devant elle, et elle n'eut plus qu'à le suivre à nouveau. Cette fois pourtant, les brigands bavardaient et riaient, et la voix du comte se joignait aux leurs. De temps à autre il leur parlait longuement, au milieu d'un silence respectueux.

Ils cheminèrent longtemps sur un sol plat et rocailleux qui s'inclina ensuite à flanc de coteau. Enfin, les brigands immobilisèrent les chevaux.

— Ils nous quittent. Vous pouvez ôter le bandeau, fit le comte.

Vesta obéit. Ils se trouvaient sur un chemin bordé d'arbres, très semblable à celui qu'ils avaient dû quitter la veille. Le comte prit de l'argent dans sa poche et le tendit au frère du chef, à la tête du petit groupe qui les avait capturés. Celui-ci fit le geste de refuser mais le comte insista. Sans doute lui disait-il d'accepter au nom des femmes et des enfants.

Tous les hommes lui serrèrent la main, puis il se tourna vers Vesta.

— Ils veulent vous rendre hommage en remerciement de ce que vous avez fait pour eux. Restez tranquille, ils ne vous toucheront pas.

Vesta regarda les hommes d'un air étonné. Ils s'approchèrent un à un de sa monture, mirent un genou en terre et baisèrent l'ourlet de son habit. Quand ce fut le tour de l'homme au strabisme, il planta sur elle des yeux effrontés où brillait ce qu'elle prit pour une lueur lubrique. Pourtant il s'agenouilla, lui aussi. Après un dernier adieu, les brigands s'enfoncèrent sous les arbres, à flanc de colline. Quelques secondes plus tard, ils avaient disparu.

Le regard de Vesta s'attarda dans leur direction.

– Pourquoi ont-ils... embrassé ma jupe ?
– Ils vous ont déjà canonisée. Vous avez accompli deux miracles sous leurs yeux et ils vous considèrent comme une sainte.
– Mais il ne faut pas... J'en suis si... loin.
– Une femme m'a dit : « C'est un ange de Dieu », et c'est bien ce dont vous aviez l'air dans cette grotte.

Vesta le regarda, hésitante. Il se moquait d'elle sans doute, pourtant, son visage était grave et sincère.

Le comte inspira profondément.

– J'ai connu bien des situations dangereuses, dit-il, mais jamais comme celle-ci. Je ne dois mon salut qu'à une seule personne, vous ! Vous rendez-vous compte que vous nous avez sauvé la vie ?
– Vous ne pensiez pas qu'ils nous relâcheraient ?
– Je l'espérais. Ils ont leurs principes et leur code de l'honneur. Mais brigands et voleurs, vous le comprenez bien, sont imprévisibles.

Il ajouta, le sourire aux lèvres :
– En tout cas, profitons de notre chance et filons d'ici !

Il poussa au trot sa monture et ils avancèrent sur la piste plus vite qu'ils ne l'avaient fait jusqu'à présent. Bientôt les arbres s'éclaircirent. Ils avaient maintenant une vue magnifique sur la vallée et parfois bien au-delà, si bien que Vesta s'attendait à voir surgir à tout instant les tours et les flèches de Djilas.

Quelques kilomètres plus loin, le comte arrêta son cheval. Son regard se porta devant eux.

– Les brigands nous ont éloignés de notre chemin. Nous n'atteindrons sûrement pas Djilas cette nuit.

– Y a-t-il un endroit où nous puissions dormir ? demanda-t-elle, inquiète.

– Oui...

Vesta, qui observait la vallée, poussa un cri :

– Regardez ! Des hommes !

Au loin, sur la route blanche qui serpentait entre deux hautes montagnes, on distinguait nettement des hommes à cheval, suivis par d'autres qui allaient à pied.

– Ce sont des soldats ? demanda Vesta en remarquant qu'ils tiraient ou poussaient un objet scintillant au soleil.

– Je n'en sais rien, mais mieux vaut ne pas prendre de risques.

Sur ce, il avança, et Vesta le suivit en se demandant si une nouvelle aventure terrifiante les attendait. Le comte poussa sa monture vers un profond défilé qui les dissimulait entièrement, et les chevaux grimpèrent à travers les broussailles.

Tout à coup, ils se retrouvèrent au sommet. Ils redescendirent alors à flanc de coteau, au milieu des arbres. Non plus les sombres pins de la veille, mais des bouleaux argentés, des genévriers, des fraisiers, des myrtes et, à nouveau la pourpre magnifique de l'arbre de Judée. La descente se poursuivait. Bientôt, pourtant, ils obliquèrent à l'ouest, vers une cascatelle qui jaillissait de la montagne. Le torrent argenté tombait droit sur des roches volcaniques. Le soleil était brûlant. Une fois de plus, ils chevauchaient parmi une végétation fleurie : énormes buissons d'églantines et de smilax épineux, genêts d'or, azalées, rhododendrons et des douzaines d'arbustes qu'elle ne connaissait pas.

Le comte la guida vers un petit plateau alpestre. Elle y admira des fleurs aux couleurs magnifiques, les plus belles, les plus éclatantes qu'elle eût jamais vues. Non loin de là, la cascade formait un vaste bassin presque aussi grand qu'un lac, avant de se jeter plus bas dans la vallée.

Le comte arrêta son cheval et attendit que Vesta le rattrape.

– Je crois que nous allons pouvoir déjeuner, dit-il.

– Comment ?

En posant cette question, elle s'aperçut qu'elle avait faim. Elle n'avait pris au matin que du pain noir, du fromage de chèvre, et bu un peu de lait de chèvre en s'efforçant d'oublier l'état de la tasse qu'on lui présentait.

– Quand on était gamins, on attrapait des truites, dit-il. On campait généralement dans ces collines, et si je n'ai pas perdu la main, nous pourrons nous régaler de poisson frais.

– Vraiment ?

– Je n'ai pas envie que vous soyez témoin d'un échec. Pourquoi ne pas laisser votre cheval et descendre un peu dans la vallée ? Restez à portée de voix et faites attention aux serpents. Mais si vous trouviez un citron et quelques oranges, le menu en serait amélioré.

– Sûrement ! s'écria-t-elle d'un ton enthousiaste. Il devrait aussi y avoir des fraises !

Elle sauta à terre, ôta le chapeau qui pendait dans son dos, noué par les rubans, et le tint sens dessus dessous comme un panier. Le soleil était brûlant et elle jeta sa veste sur le tapis d'herbe et de fleurs.

– Vous viendrez si j'appelle ? Il y aura peut-être un autre serpent !

– Je vous surveille, répondit le comte d'un ton rassurant.

Lui aussi avait quitté son manteau. Il n'avait pas remis sa cravate et, à présent, il retroussait ses manches. Comme s'il lisait dans ses pensées, il dit avec un sourire amusé :

– Vu les circonstances, peut-être pardonnerez-vous ma tenue négligée ?

Elle rougit.

– Bien sûr ! Ne croyez pas que je vous... critique alors que vous avez eu la gentillesse de me prêter votre cravate, ajouta-t-elle timidement. Je n'aurais pas supporté leurs haillons... Si je vous ai paru prude quand nous nous sommes rencontrés, c'est que... je n'avais jamais vu un gentleman portant une chemise ouverte.

Le comte sourit.

– Vous êtes toute jeune, dit-il doucement, et pourtant, il y a beaucoup de sagesse dans votre petite tête dorée.

Sa voix était caressante, et Vesta le regarda, les yeux écarquillés. Puis elle baissa les paupières et s'éloigna en hâte.

Elle n'eut qu'une courte distance à parcourir avant de découvrir un citronnier. Par contre, ce versant était beaucoup plus abrité que l'autre et les fraisiers avaient déjà donné leurs fruits. À défaut de fraises, elle cueillit toutefois des oranges mûres et dorées, des framboises en telle quantité qu'elle eut vite fait d'emplir son chapeau et dut reprendre citrons et oranges dans ses bras. La beauté des arbustes, les fleurs merveilleuses à ses pieds lui donnaient l'impression de s'être égarée dans quelque étrange paradis.

« Comme j'aimerais rester ici éternellement ! » songea-t-elle. Plus besoin alors de redouter l'arrivée à Djilas, l'entrevue avec le prince, ni cette circonspection, de mise pour une princesse, qui suffisait pourtant à la rendre nerveuse.

Mais elle se ressaisit : voilà qu'au lieu d'attendre l'avenir avec confiance et impatience, elle s'égarait encore dans ses stupides rêveries !

Elle revint lentement vers le comte. Celui-ci avait fait un grand feu et sa première pensée fut que la chaleur serait intolérable. Mais il l'avait astucieusement préparé au bord du plateau de façon que le vent emportât la fumée au loin.

À son approche, il leva les yeux et sourit.

– Alors, vous avez réussi ? demanda-t-elle.

Il désigna le bord du bassin où étaient étalées six truites argentées.

– Vous les avez attrapées ! s'écria-t-elle. Comme vous êtes habile !

– Je les ai saisies au vol, c'est ce que dirait tout braconnier expérimenté !

Il vit ses yeux admiratifs et ajouta :

– Pour être franc, c'était très facile. Il vient si peu de gens par ici que les poissons ne sont pas farouches.

Vesta regarda vers le bassin où d'innombrables truites bleues des montagnes filaient en tous sens. Elle posa les fruits.

– Comment allez-vous les faire cuire ?

– J'ai essayé de me souvenir de ce que nous faisions quand j'étais jeune, répondit le comte. Avec votre connaissance des plantes, peut-être sauriez-vous me trouver du fenouil ?

– Bien sûr, il y en a partout.

Elle indiqua du doigt les fleurs dorées à tête plate, hautes d'un mètre cinquante à deux mètres, qui poussaient au milieu des arbustes.

– En voilà, dit-elle. Mais les tiges sont dures, j'aurais besoin de votre couteau pour les couper.

– Je vais le faire, montrez-moi seulement ce que je dois prendre.

Ils ramenèrent une brassée de fenouil, et Vesta observa le comte qui l'enveloppait autour des poissons de façon à les recouvrir complètement.

– Le fenouil est supposé donner à ceux qui le mangent courage, force et longévité, dit-elle en souriant.

– Et quelles sont les herbes d'amour ?

— Je ne crois pas les connaître, répondit-elle hâtivement.

— Mais si, fit-il en voyant le rouge qui colorait ses joues pâles.

De toute évidence, il attendait une réponse, et finalement, elle dit :

— Dans mon pays, les gens de la campagne croient aux orchidées sauvages. Toutes les orchidées ont la réputation d'être employées dans les... philtres.

— Je suis sûr que nous n'en avons pas besoin, dit-il tranquillement.

Vesta se demanda ce qu'il voulait dire. Mais les braises rougeoyaient déjà et il y déposa les poissons. La durée nécessaire pour la cuisson donna lieu à une discussion, et lorsqu'ils défirent la première truite, il s'avéra que Vesta avait eu raison. La peau se détachait facilement, la chair était parfaitement blanche. Ils pressèrent les citrons et se brûlèrent les doigts en riant.

— Jamais je n'ai mangé quelque chose d'aussi bon ! s'écria Vesta. Vous êtes bien meilleur cuisinier que moi !

— Je crois que la clé du mystère, c'est que nous sommes tous deux affamés. Il y a longtemps que nous n'avons pas fait un repas digne de ce nom !

Vesta frissonna.

— Ne me faites pas penser à cette chèvre ! J'avais l'impression, en la mettant dans ma bouche, d'être devenue cannibale ! Ces pauvres chiens ont dû être malades toute la nuit ! ajouta-t-elle en riant.

— En tout cas, on a eu de la chance qu'ils soient là. C'eût été une insulte de ne pas apprécier l'animal tué en notre honneur.

Vesta posa devant lui les oranges et les framboises.

— Il n'y a plus de fraises dans cette vallée mais je crois que je préfère les framboises.

— Moi aussi.
— Quel charmant pique-nique ! On n'aurait pu rêver paysage plus enchanteur...

Ils avaient terminé les fruits et elle observa ses doigts.

— Je vais me laver les mains. J'aurais d'ailleurs dû le faire avant de déjeuner.

Elle se leva et, s'agenouillant au bord du bassin, y plongea les bras jusqu'aux coudes. L'eau était glaciale et pourtant si claire, si pure qu'elle aurait voulu se dévêtir et s'y baigner. Puis elle prit l'eau dans le creux de sa main et s'en aspergea le visage.

— Voulez-vous m'apporter mon mouchoir ? demanda-t-elle, aveuglée. Je l'ai laissé dans la poche de ma veste.

— Je vous l'apporte.

Elle s'aspergea de nouveau et tendit le bras en entendant les pas du comte. Ses yeux étaient clos, le soleil caressait ses joues ruisselantes de gouttelettes irisées. Le comte s'agenouilla auprès d'elle et lui sécha le visage.

— Merci, dit-elle en tendant la main pour prendre le mouchoir.

Il l'attira dans ses bras et, avant qu'elle ait pu comprendre ce qui se passait, il avait posé ses lèvres sur les siennes. Muette de stupéfaction, elle sentit la rude pression de sa bouche. Elle tenta de le repousser mais quelque chose comme du vif-argent courut dans son corps — un sentiment d'extase si merveilleux qu'elle demeura immobile. Un émoi insoupçonné fit vibrer tout son être. Le comte la serrait si fort qu'elle pouvait à peine respirer. Sa bouche, passionnée, possessive, la tenait captive. D'interminables frissons parcouraient son corps, et bientôt, elle eut l'impression de faire partie de lui. C'était comme s'il lui avait pris son cœur. Beauté, spiritualité, perfection s'identifièrent soudain au sentiment qu'il éveillait en elle.

Elle ne sut pas combien de temps il la tint ainsi, mais lorsqu'il releva la tête, elle le dévisagea, stupéfaite, dépouillée de sa volonté, de son identité.

— Mon Dieu, comme je vous aime ! fit-il d'une voix rauque et incertaine, en katonien.

Puis il l'embrassa de nouveau, longuement, des baisers farouches, exigeants, et elle recula devant la violence de ses lèvres. Pourtant, dans sa poitrine dansait une flamme, réponse farouche au feu qui brûlait en lui. Il lui semblait que l'extase qui la soulevait la porterait jusqu'au ciel. Pourtant, le comte releva la tête.

Au prix d'un prodigieux effort, elle échappa à son étreinte. Mais incapable de marcher, elle se laissa choir parmi les fleurs, le corps tremblant, et ses mains se portèrent instinctivement à sa poitrine. Elle le dévisagea, les yeux écarquillés, les lèvres frémissantes.

— Comment... comment avez-vous pu ? murmura-t-elle.

— Je vous aime.

— Mais c'est... mal.

Une main devant la bouche, elle ajouta dans un souffle :

— Je ne savais pas qu'un... baiser pouvait être... comme ça.

— Un baiser n'est pas comme ça à moins que deux personnes ne s'aiment vraiment.

— Mais c'est impossible, nous ne... devons pas...

— Pourquoi donc ? Je suis un homme, et aucun homme, mon adorable amour, ne saurait rester auprès de vous comme je l'ai fait ces derniers jours sans tomber amoureux.

— Je ne comprends pas, dit-elle, pathétique.

— Est-ce si difficile ? Vous êtes la plus belle femme que j'aie vue de ma vie. Vous êtes la plus courageuse, la plus douce, la plus aimable ! Peut-on demander plus d'une seule petite personne ?

— Vous ne devriez pas me dire tout ça ! s'écria-t-elle. Ce n'est pas bien !

— L'amour est donc une mauvaise chose ?

— Je ne sais rien de l'amour.

— Moi si. Et on ne connaît qu'une fois dans une vie le véritable amour. L'amour qui réunit tout ce qu'un homme et une femme peuvent rêver de trouver un jour.

Il la vit frissonner et ajouta doucement :

— C'est cet amour-là que j'éprouve pour vous.

— Je ne devrais pas vous écouter, balbutia-t-elle. Je... je dois partir.

Mais elle ne bougeait pas et il reprit :

— En vous tenant dans mes bras la nuit dernière, j'ai compris que vous étiez tout ce que je désirais, tout ce que je demandais au monde.

— Je n'aurais pas dû faire une chose aussi déplacée. C'était... à cause des rats.

— S'il n'y avait eu les rats, il y aurait eu autre chose. Nous sommes faits l'un pour l'autre, et nous nous serions trouvés, malgré tous les obstacles.

À ces mots, Vesta se cacha le visage dans ses mains.

— Je ne dois pas vous écouter... Vous savez que je suis mariée.

— Avec un homme que vous n'avez jamais vu.

— Là n'est pas la question. Je suis... mariée avec lui légalement. Vous ne pouvez pas me parler... ainsi. Pourquoi, oh ! pourquoi m'avez-vous embrassée ?

— Je n'ai pas pu m'en empêcher, dit le comte. Et quand mes lèvres ont touché les vôtres, vous avez répondu. Vous vouliez mes baisers, mon doux trésor, comme je veux les vôtres. Ne mentez pas, dites que vous m'aimez.

— Je ne peux... je ne dois pas ! s'écria-t-elle. Je vous en prie, je vous en prie, je ne dois pas vous aimer !

C'était un cri enfantin, et le comte la regarda longuement avant de répondre doucement :
– Trop tard. Vos lèvres, mon cœur, m'ont déjà dit votre amour.

6

– Non ! Non ! s'écria-t-elle.
Pourtant il disait vrai. Elle l'aimait ! Sans qu'elle s'en rendît compte, sa haine s'était transformée en amour.

Elle l'avait détesté tout d'abord. Il était impérieux, résolu, agressif, si terriblement masculin. Elle l'avait haï, avec une fascinante intensité. Puis il l'avait troublée au point qu'elle songeait de plus en plus à lui. Même lorsqu'ils traversaient les forêts et qu'elle s'absorbait dans ses rêveries, elle ne parvenait pas à oublier cet homme qui envahissait ses pensées. « Et maintenant, voilà que je l'aime ! » Elle avait rêvé de lui à l'auberge et quand elle avait ouvert les yeux, il la contemplait de l'autre côté de l'âtre. C'est à ce moment-là que sa haine avait fait place à l'amour. Son rêve avait été si vivant, si réel. Elle tombait du haut d'une falaise, pétrifiée par son épouvantable terreur du vide. Elle criait au secours mais il n'y avait personne pour la sauver. Et soudain, du fond du ciel, un aigle fondait sur elle. Elle sentait ses ailes l'envelopper, la protéger, la sauver de la mort redoutée et soupirait d'aise. Elle comprenait alors que l'oiseau n'était autre que le comte.

Ce rêve lui avait donné un sentiment de bien-être, de sécurité. Il avait éveillé également une émotion dont elle comprenait seulement maintenant la nature : l'amour, un amour qui lui avait fait préférer mourir de sa main plutôt que vivre parmi les brigands. Elle n'avait pas eu peur en attendant son couteau. En y songeant, elle avait d'abord cru que c'était l'effet d'une terreur intense, mais elle savait maintenant que cette confiance lui était venue de son amour pour lui. « Je l'aime », se dit-elle. Et elle comprit que dans les bras de l'homme qu'elle aimait, elle eût passé la nuit sans en éprouver ni honte ni peur.

Comment avait-elle été assez aveugle, assez stupide pour ne pas reconnaître l'amour ?

Elle se rappela soudain la cérémonie célébrée à Londres par l'officier d'état civil au 10, Downing Street, avec pour seuls témoins son père et le vicomte de Castlereagh, le Premier ministre de Katonie représentant le prince. Quelques minutes avaient suffi pour l'unir à un homme qu'elle n'avait jamais vu. Mais elle n'en était pas moins mariée au prince Alexandre de Katonie. Comment aurait-elle pu prévoir ce qu'elle éprouverait pour un autre homme, un homme rencontré deux jours plus tôt ?

Elle respira profondément, la main posée sur son cœur comme pour en étouffer les battements. Le comte l'observait, et elle détourna les yeux devant la flamme qui embrasait son regard noir.

Elle était charmante, éthérée au milieu des fleurs qui l'encadraient. Le soleil transformait ses cheveux blonds en or filé, la tendre et blanche colonne de son cou s'échappait de la fine mousseline du corsage.

– Vous êtes si belle ! fit-il d'une voix rauque. J'ignorais qu'une telle beauté existât en ce monde.

Elle ne répondit pas. Il reprit, d'une voix plus profonde :

– Savez-vous ce que j'aimerais faire ?

Elle secoua la tête, incapable de parler.

– J'aimerais vous emporter dans une caverne où nous serions seuls, et je vous obligerais à me dire que vous m'aimez. Je vous embrasserais, je vous battrais, j'irais jusqu'à vous torturer pour que vous me disiez que vous êtes à moi – que vous m'étiez destinée.

Sa voix vibrait dans l'air.

– Je posséderais non seulement ces tendres lèvres, ce corps si désirable, mais aussi vos pensées, vos sentiments, votre souffle. Je veux tout de vous, Vesta, je vous veux, totalement et pour toujours.

Elle frissonna et il vit sa respiration s'accélérer entre ses lèvres.

– Vous dites que vous ne savez rien de l'amour. Eh bien, laissez-moi vous dire ce qu'il signifie, non pour les pâles Anglais qui jugent vulgaire toute manifestation émotionnelle, mais pour moi et les hommes de ce pays.

Elle réagissait instinctivement aux accents de sa voix, mais elle s'efforça de ne pas le regarder.

– L'amour, le véritable amour, celui que j'ai pour vous, est un feu de forêt consumant tout, destructeur, violent, incontrôlable. L'amour est une tempête en mer, tumultueuse, écrasante, prête à détruire tout ce qui défie sa suprématie. C'est une force, une puissance qui triomphe et conquiert ! C'est cela, Vesta, l'amour ! Comment pouvez-vous, si petite, y résister ?... Vesta, ma chérie, ajouta-t-il d'un ton très doux, l'amour est aussi le soleil, le chant des oiseaux, le bourdonnement des abeilles ou ces fleurs à vos pieds. Il est en nous, autour de nous, et nul ne peut y échapper.

– Mais nous ne devons pas...

– Qui peut empêcher l'amour ? Ni les paroles déversées sur vous à Londres par quelque haut dignitaire, ni les signatures au bas des feuilles de papier, ni les hommes d'État de l'Europe tout entière ne pourraient nous empêcher de nous aimer en ce moment... Regardez-moi !

Elle trembla mais ne tourna pas la tête.

– Regardez-moi, Vesta ! fit-il d'un ton impérieux.

Lentement, elle tourna vers lui un visage aux grands yeux éperdus. Longuement, ils se regardèrent. Une force étrange la poussait vers lui, si puissante, irrésistible, qu'elle en sentait l'impact physique. Elle tremblait, tout son corps apeuré se tendait vers lui, vers la sécurité et le réconfort de ses bras. Quand elle sentit qu'elle ne pouvait plus résister au désir de le toucher, de lui offrir ses lèvres, elle laissa échapper un petit cri et se cacha la face dans ses mains.

– Je vous veux, Vesta ! Vous êtes mienne !

– Non... murmura-t-elle sans lever la tête. Non, non !

Il la regarda longuement et se leva. Puis il s'approcha du bassin et, d'une voix étrangement rude, discordante, il déclara :

– Ainsi, une couronne vaut plus à vos yeux que l'amour ! Vous m'aimez, mais plutôt que de l'admettre, vous irez à Djilas pour y prendre cette place de princesse qui compte plus que tout le reste... J'espère que les ovations de la foule seront une compensation adéquate à mes baisers !

Elle grimaça de douleur en entendant cette voix amère qui la cinglait comme une gifle.

– Comment pouvez-vous penser une chose pareille ? Comment pouvez-vous croire que c'est pour cette raison que j'ai... épousé le prince ?

– Et que voulez-vous que je croie ? Vous avez pris votre décision. Comme vous me l'avez déjà dit, votre place est auprès de votre mari.

Vesta se leva et s'avança vers lui, très pâle.

– Puis-je vous expliquer pourquoi j'ai accepté... l'offre de mariage du prince Alexandre ?

– Je ne doute pas que vous n'ayez une explication adéquate, répondit-il d'un air sarcastique.

– Je vous en prie... écoutez-moi.

– Si cela peut vous faire plaisir...

– Pouvons-nous nous asseoir à l'ombre ? Le soleil est si chaud.

— Bien sûr, fit-il d'un ton froid et courtois. J'aurais dû y penser plus tôt.

Elle le regarda d'un air implorant. Le visage dur, il ressemblait de nouveau à un aigle impitoyable, distant, inhumain.

Un sanglot monta de sa gorge. Elle se dirigea sous les arbres, s'assit sur la mousse en lissant sa jupe verte. Le comte se contenta de s'appuyer contre un tronc. Il avait dressé un écran entre eux et elle n'osa regarder son visage de peur d'y lire le mépris qu'elle devinait.

— Je vous ai dit que je ne savais rien de l'amour et c'est vrai, commença-t-elle d'une voix faible. Je n'ai jamais été amoureuse. Mais j'ai toujours eu le sentiment qu'un jour, je rencontrerais un homme que... j'aimerais de toute mon âme et que nous nous marierions.

Sa voix hésitante mourut doucement. Il ne faisait aucun effort. Un gouffre béant les séparait. Elle était seule, plus loin de lui qu'elle ne l'avait jamais été.

— Je vous en prie. Essayez de comprendre ce que je veux vous expliquer. C'est difficile mais je veux que vous sachiez.

— J'écoute.

— Vous ne voulez pas vous asseoir ? Vous êtes si grand et je vous sens si... distant.

— Pourquoi ?

— Je ne sais pas, j'ai l'impression que vous m'avez quittée.

— Et vous vous sentez seule, perdue ?

— Vous... vous le savez.

Ses yeux scrutèrent le visage de Vesta et il s'assit presque en face d'elle, adossé à un autre tronc. Il était toujours lointain, pourtant elle eut moins de mal à parler.

— J'ai toujours rêvé d'aimer... quelqu'un parce qu'on ne m'a pas aimée comme on l'aurait pu quand j'étais enfant.

— Que voulez-vous dire ?

— Mon père voulait un fils. Les Salfont sont une très vieille famille. Au XIIIe siècle, ils étaient comtes, et quand nos ancêtres reçurent le titre ducal pour avoir combattu Marlborough, cela ne fit qu'ajouter un chapitre à la longue histoire de leur dévouement à la couronne.

Elle poursuivit fièrement :
— Nous avons été élevés dans l'idée que nous portions une lourde responsabilité envers notre pays et son peuple.

— J'ai entendu parler de votre famille, fit le comte.

— En ce cas, vous comprendrez combien il était important pour mon père d'avoir un fils. Mais il a eu cinq filles avant la naissance de Gerald. Ma mère me disait souvent : « J'ai prié toutes les nuits pour donner à ton père le fils qu'il désirait si ardemment. À chaque naissance, ma première question était : Est-ce un garçon ? Et la sage-femme répondait : Je suis désolée, Votre Grâce, c'est encore une fille. »

Un sanglot s'étrangla dans sa gorge. Elle aimait sa mère et souffrait encore de l'avoir déçue.

— Après la naissance de Gerald, poursuivit-elle, le docteur a dit que maman ne devait plus avoir d'enfant. Mais ils étaient très anxieux d'avoir un second fils, au cas où... il arriverait quelque chose au premier.

Elle s'interrompit pour lui jeter un coup d'œil. Il avait l'air moins méprisant et c'est d'une voix plus assurée qu'elle reprit :

— Au lieu d'un garçon, c'est moi qui suis née ! Après cela, les médecins ont été très fermes : ma mère mourrait si elle avait un autre enfant.

— Vous n'étiez donc pas désirée, fit le comte.

— Mes parents ont toujours été très gentils avec moi mais j'ai vite compris combien ils étaient déçus que je ne sois pas un garçon.

Elle regarda vers le soleil et la cascade.

— Cela a coloré toute mon enfance. Peut-être

est-ce pour ça que je cherchais l'oubli dans ces rêveries pour lesquelles on me punissait. J'avais peur d'affronter la réalité.

– Comme en ce moment, intervint le comte d'une voix calme.

– Et quand Gerald est tombé à Waterloo, j'ai eu... honte d'être moi.

– Il a été tué à Waterloo ?

– J'ai cru que mon père en mourrait. Pendant très longtemps, nous n'osions plus parler de Gerald en sa présence. Peu à peu, pourtant, il est redevenu lui-même, mais la tristesse ne l'a plus quitté.

– Le duché a sûrement un héritier ?

– Bien sûr, le frère de mon père, mais nous ne l'avons jamais aimé. Parfois, j'ai même l'impression que mon père hait Rupert, ce qui est compréhensible.

Elle fit une pause, comme pour réfléchir à ce qu'elle allait dire, puis elle déclara, d'une voix hésitante :

– J'ai mis bien du temps pour en venir au fait... mais je voulais que vous compreniez les raisons de ma venue en Katonie.

– Continuez, fit le comte.

– Quand mon père m'a annoncé que votre prince demandait ma main, je suis restée stupéfaite. Je n'arrivais pas à croire qu'il me demandât d'accepter une offre aussi inattendue, aussi terrifiante. Je me suis écriée que je ne connaissais même pas le prince, et il m'a expliqué qu'un mariage royal est un pacte politique, que ce n'était pas le prince mais son cabinet qui le souhaitait.

– Qu'est-ce que ça changeait ?

– Tout. J'ai dit à mon père que je n'envisageais pas de me marier, sur la requête d'un cabinet, avec un homme que je ne connaissais pas et dont je ne savais rien.

Elle se revit alors dans la bibliothèque de

Salfont House, contemplant les arbres de Berkeley Square en essayant d'imaginer un pays étranger appelé Katonie et qui la désirait apparemment pour princesse.

— La Katonie a toujours été en bons termes avec la Grande-Bretagne, il est important qu'elle le reste, avait dit son père.

Il tournait le dos à la cheminée et Vesta avait frissonné en reconnaissant l'accent inflexible qui tendait sa voix. Il avait toujours été sévère avec ses filles. Il n'en avait toutefois forcé aucune à épouser un homme qu'elle n'aimait pas. Quand Harriet avait refusé le marquis de Severn, le duc n'avait pas tenté de faire pression sur elle. Malgré sa déception, il lui avait permis d'épouser le simple baron à qui elle avait donné son cœur.

— Je regrette, papa, avait répondu Vesta. Je suis profondément honorée par l'offre du prince Alexandre mais ma réponse est non, évidemment.

— Pourquoi, « évidemment » ?

— Parce que je ne veux pas me marier sans amour. Toi et maman avez toujours été heureux ensemble, de même que mes sœurs. La semaine dernière, Caroline me disait encore qu'elle et Robert s'aiment davantage d'année en année.

— C'est différent, avait dit lentement le duc.

— Pourquoi, papa ?

— Parce qu'en épousant le prince Alexandre, tu servirais ton pays.

Il était allé se planter devant un tableau accroché au mur. Le portrait de son fils Gerald, exécuté à son entrée dans la garde des grenadiers. Lawrence, peintre favori du prince régent, avait su saisir l'étincelle du regard, le sourire sur les lèvres, l'enthousiasme juvénile qui suscitait l'amour partout où passait le jeune homme.

— Je suis prête à bien des choses pour l'Angleterre, avait-elle répondu, nerveuse, comme si elle pressentait ce qui l'attendait. Mais pas à passer le reste de ma vie dans un pays étranger, loin de vous, avec un homme que je ne connais pas et qui ne me connaît pas.

Après un long silence, son père avait déclaré calmement :

— Gerald a donné sa vie pour l'Angleterre, Vesta. Tout ce que je te demande, c'est de servir ton pays comme tu aurais voulu le faire si tu avais été un homme. Tu ne peux te battre pour lui comme Gerald, mais tu peux le servir comme les Salfont l'ont fait tout au long des siècles.

La douleur altérait sa voix. La perte de son fils le torturait aussi cruellement qu'au jour où il avait appris sa mort au champ de bataille. Elle avait voulu protester, chacune de ses fibres s'était révoltée contre un tel sacrifice, contre une décision si contraire à ses instincts les plus profonds. Mais quand elle avait ouvert la bouche pour parler, pour dire à son père que c'était impossible, qu'elle ferait n'importe quoi sauf épouser le roi de Katonie, elle avait vu les larmes dans ses yeux.

C'est une terrible expérience pour un enfant que de voir pleurer ses parents, de comprendre qu'au lieu des invincibles adultes qu'ils semblent être, ce sont des êtres humains qui souffrent. Le duc n'avait pas pleuré en apprenant la mort de Gerald. Il avait gardé un visage de pierre quand un monument funéraire avait été dédié à son fils auprès du caveau qui abritait leurs ancêtres. Il n'avait pas pleuré en apprenant du duc de Wellington la bravoure de Gerald, qui avait rallié inlassablement ses hommes contre les Français jusqu'à ce qu'une balle en plein cœur le tuât.

Pourtant, maintenant, ses yeux étaient baignés de larmes.

— Papa pleurait, murmura-t-elle, et j'ai compris que je devais accepter ce mariage.

Elle essuya une larme.

— Comment pouvais-je lui dire que j'étais...

lâche ? J'ai peur de bien des choses et vous le savez, mais à ce moment-là, j'ai surtout craint de le blesser.

Sa voix s'éteignit et elle adressa au comte un regard suppliant.

— C'est une chose de mourir sur le champ de bataille, au cœur de la mêlée, dit celui-ci d'une voix lente. Dans l'ivresse du combat, un homme se jette sans crainte dans les bras de la mort. Mais ceci est différent... Pouvez-vous vraiment imaginer de vivre jour après jour, mois après mois, année après année, auprès d'un homme qui ne vous inspirera peut-être que répulsion ?

La voyant joindre les mains, il ajouta :

— Seuls les Anglais oseraient exiger un tel sacrifice d'une personne aussi sensible que vous. Tout comme ils envoient leurs précieux fils dans des écoles où on les bat et les prive, votre père était prêt à vous envoyer dans un pays dont vous ne saviez rien, pour épouser un inconnu.

— Lord Castlereagh dit que le prince... est intelligent, cultivé. Et beau joueur, balbutia-t-elle.

— Qu'avez-vous appris encore ?

Vesta resta silencieuse.

— J'ai le sentiment que vous savez autre chose. Dites-le-moi.

Elle ne répondit toujours pas.

— Dites-moi ce que vous avez entendu !

C'était un ordre, et elle dit d'une voix hésitante :

— Je ne voulais pas écouter... Nous étions en mer... Le Premier ministre, le capitaine et l'aide de camp bavardaient au salon pendant que j'accrochais ma cape dans le couloir. Je descendais juste du pont...

— Qu'avez-vous entendu ?

— Ils parlaient du prince et de moi.

— Qu'ont-ils dit ?

La voix de Vesta n'était plus qu'un murmure :

— L'aide de camp a dit que j'étais trop naïve pour faire face à ce qui m'attendait.
— Le Premier ministre était d'accord ?... Je veux savoir.
— Ils ont dit que le prince aimait... quelqu'un d'autre.
— Cela vous a donc bouleversée ?
— Je n'avais pas imaginé qu'il y aurait quelqu'un... comme ça. Peut-être est-ce pour ça qu'ils me trouvent... naïve.
— Vous pensiez qu'à votre arrivée en Katonie le prince vous attendrait, que vous tomberiez amoureux l'un de l'autre et vivriez heureux ? C'est ça ?
— J'espérais que... nous serions peut-être... amis.
— Amis ? Pourquoi trouveriez-vous l'amitié dans le mariage ?
— Je pensais pouvoir aider Son Altesse Royale... auprès de son peuple. C'est pourquoi j'ai étudié le katonien pendant le voyage, c'est pourquoi j'ai appris du Premier ministre et de l'aide de camp autant de choses que possible sur le pays et ses habitants.
— Et vous leur avez posé des questions sur le prince ?
— Non... non.
— Pourquoi ?
— J'avais peur de paraître... curieuse.
— Pourtant, c'est sûrement ce qu'il vous importait le plus de connaître ! Au lieu de quoi, vous vous êtes forgé une image de ce que vous vouliez qu'il soit. Un prince de papier, non un être humain mais un homme sorti de vos rêves.

Vesta inspira profondément et demanda d'un ton pathétique :
— Que pouvais-je faire d'autre ?
— Ce que vous pouvez faire maintenant, c'est affronter la réalité, rétorqua le comte. Vous êtes amoureuse, petite Vesta, la belle au bois dormant

a été éveillée par un baiser. Un baiser de mes lèvres.

— Mais... ce n'est pas bien.

— Cela ne vous paraît peut-être pas bien mais ce que vous comptez faire l'est encore moins. Pensez-vous vraiment supporter votre vie durant ce sacrifice grotesque imposé par votre père ? Croyez-vous pouvoir tenir assez bien votre rôle pour ne pas devenir la caricature de ce que doit être une épouse ?

Elle le regarda, les yeux écarquillés, et il ajouta :

— Réveillez-vous, mon amour, puisque brûle en vous le feu de la déesse dont vous portez le nom. S'il est encore faible, il n'en deviendra pas moins un gigantesque brasier auquel vous n'échapperez pas.

Il ajouta, vibrant de passion :

— Je vous apprendrai l'amour, Vesta, je vous apprendrai ses merveilles ! Je vous apprendrai à m'aimer comme je vous aime. Je vous ferai vivre ! Tout ce que je vous demande en échange, c'est de me dire que vous m'aimez.

— Comment le pourrais-je ? Je viens... d'essayer de vous expliquer pourquoi je dois... rejoindre le prince auquel... j'appartiens.

— C'est à moi que vous appartenez ! Croyez-vous réagir aux baisers du prince comme vous l'avez fait aux miens ? Jamais on ne vous avait embrassée et vous m'avez avoué ignorer qu'un baiser pût être ainsi. Il ne l'est, je vous le répète, que si deux personnes s'aiment.

Il poursuivit, d'une voix plus douce :

— Un baiser peut être le divin achèvement d'un homme et d'une femme unis parce que Dieu a voulu qu'ils ne fassent qu'un. Mais il peut être aussi un geste obscène et bestial.

Elle détourna son visage en frissonnant, et il ne vit plus que son profil, son petit nez droit, ses lèvres délicates silhouettés sur la lumière du soleil et l'argent de la cascade.

– Le mariage ne s'achève pas dans un baiser, reprit le comte, impitoyable. Vous êtes jeune, innocente, mon doux cœur. Savez-vous ce qui se passe quand un homme et une femme s'unissent et deviennent, selon les termes de l'Église, une « seule chair » ?

– Je n'en suis... pas sûre.

– Mais vous imaginez tout de même que c'est très intime, très personnel. Là encore, ce peut être une extase merveilleuse et divine ou bien une chose obscène, dégradante, et vous auriez peur, petite déesse, comme vous n'avez encore jamais eu peur.

– D'autres femmes se marient... sans amour, dit-elle timidement.

– Bien des femmes l'ont fait et le font encore dans le monde entier, acquiesça-t-il. En Angleterre, en France et souvent dans ce pays, on fait des mariages de convenance. Mais généralement, la fiancée est trop jeune pour être déjà tombée amoureuse d'un autre homme.

Il observa le battement de ses paupières et reprit :

– Elle ne sait donc pas ce qu'elle doit attendre du mariage. Toutefois, les femmes étant les femmes, elles espèrent, comme vous l'avez fait, que le prince de leur cœur, quelle que soit sa position, les éveillera d'un baiser... Quand on a déjà connu l'amour, tout est différent.

Il lui prit la main, et lorsqu'elle sentit la force de ses doigts, un frisson de joie la parcourut. Ivre d'un émoi inattendu, elle referma instinctivement ses doigts menus sur les siens et son regard s'illumina.

Il observa son visage et sourit :

– Vous tremblez quand je vous touche, ma chérie. Vous êtes émue parce que je suis auprès de vous, parce que vous savez que je vous aime, et que vous ne pouvez vous empêcher de répondre à cet amour.

Vesta détourna les yeux en se rappelant brutalement l'objet de leur discussion. Mais elle n'abandonna pas sa main et, portant ses doigts à ses lèvres, il les embrassa un à un. À nouveau elle fut parcourue de frissons. Elle n'avait jamais rien désiré aussi ardemment que de sentir sa bouche posée sur la sienne.

— Alors qui ? demanda-t-il. Le prince de papier ? Ou êtes-vous prête à vous réveiller, ma belle au bois dormant, à affronter la vie ? Êtes-vous prête à admettre que vous m'aimez ?

Elle se raidit contre cette voix aux accents envoûtants.

— Quelle est votre réponse ?
— Sur le bateau, le Premier ministre et le capitaine ont parlé de Mme Züleyna, et l'aide de camp a dit que le prince se... ridiculisait avec elle. Ils ont dit qu'elle était mauvaise. Si elle est mauvaise, ne dois-je pas essayer d'être... bonne ?

Il lui lâcha la main.

— Mme Züleyna est mauvaise. Grâce au pouvoir que le prince lui a permis d'acquérir, elle a provoqué la révolution.

Elle écarquilla les yeux.

— Vous voulez dire que c'est sa faute ?
— Le prince est faible, Vesta. Il a placé ses propres désirs avant les besoins et le bonheur de son pays. Voilà l'homme à qui vous voulez être loyale ! Un homme qui a, pendant des années, ignoré les souhaits de son peuple, qui a fermé les yeux sur le fait que cette femme intriguait contre l'État et contre lui !

— Que va-t-il se passer, maintenant ?
— Si les rebelles prennent le pouvoir, les Turcs essaieront de nous conquérir. Pourtant, je suis sûr que cela peut être évité, et ce qui pour l'instant me préoccupe, Vesta, ce n'est pas la

politique katonienne, mais le rôle que vous y jouerez.

— Croyez-vous que... que le prince refusera... d'abandonner Mme Züleyna ?

— Après ce qui s'est passé, il n'a plus guère le choix. Par contre, puisque vous savez la vérité, vous devriez vous demander si vous pouvez lui faire confiance.

Il l'observa et ajouta :

— Voyez-vous, ma petite déesse du feu, ce n'est pas le prince qui vous a tirée de votre sommeil, mais moi.

Vesta fit un geste de la main.

— Vous pouvez le nier, je sais que si je vous prends dans mes bras à cet instant, vos lèvres s'uniront aux miennes et que vous éprouverez de nouveau l'émerveillement, le ravissement que nous avons connu tout à l'heure. Et ensemble, nous oublierons le monde entier.

Au ton vibrant de sa voix, elle était presque oppressée de bonheur. Elle pencha la tête, et le comte, qui ne pouvait plus lire dans ses yeux son désir fou d'être embrassée, déclara tranquillement :

— Nous ne sommes pas encore à Djilas et nous n'y arriverons pas ce soir. Vous avez vingt-quatre heures, ma belle, pour faire votre choix.

— Mon choix ?

— Soit vous admettez que vous m'appartenez, comme les dieux l'ont voulu, soit vous poursuivez votre stupide immolation et vous allez, princesse de papier, retrouver votre prince de papier.

Elle ne bougeait pas et il ajouta bientôt :

— Je vous veux, grands dieux ! Je vous veux comme jamais je n'ai désiré une femme ! Je vous aime, Vesta, je vous aime; vous m'avez pris mon cœur, mon âme, ils sont à vous désormais !

Il respira profondément.

— Vous irez peut-être à Djilas pour aider un prince faible, soutenir un régime qui s'écroule, plaire à une foule en délire. Mais en faisant cela, vous m'aurez détruit.

Vesta releva vivement la tête et le regarda d'un air interrogateur.

– Je ne plaisante pas, fit-il d'une voix grave. Un amour comme celui que j'éprouve pour vous efface tout le reste. Si je ne peux vous avoir, si vous me repoussez, je ne serai plus qu'une coquille vide, l'ombre de moi-même. Je vous aime, je vous adore, je ne pourrai plus vivre sans vous !

Il se leva brusquement et lui tendit la main.

– Nous partons, fit-il. Vous avez vingt-quatre heures pour me dire que vous m'aimez. Si je perds, si vous allez sans moi à Djilas, je n'ose pas songer aux ténèbres qui vont s'abattre sur moi.

Vesta demeura à l'ombre des arbres à le regarder. En Angleterre, elle aurait douté de ses paroles, douté de l'intensité de ses sentiments. Mais la sincérité de sa voix et le sombre désir qu'elle lisait dans ses yeux étaient indéniables.

En voyant le petit visage blanc et apeuré levé vers lui, il murmura :

– Vous êtes toute la beauté du monde, tout ce que je demande de la vie et attends du ciel.

Ses paroles amenèrent des larmes aux yeux de Vesta. Mais parce qu'elle était timide, que tant d'émotions obscures, contradictoires s'affrontaient en elle, parce qu'elle désirait enfouir sa tête au creux de son épaule, elle s'enfuit en courant.

Son cheval broutait paisiblement l'herbe du plateau et elle s'appuya sur la selle. « Que dois-je faire ? murmura-t-elle. Oh ! mon Dieu... aidez-moi... »

7

Elle entendit approcher le comte mais ne se retourna pas, même lorsqu'il fut tout près.
– Je vous ai rapporté votre veste et votre chapeau.

Il posa sa veste sur le dos du cheval, le chapeau à large bord sur ses cheveux dorés et noua les rubans.
– Je ne veux pas que vous abîmiez la perfection de votre teint, dit-il.

Du bout des doigts, il lui souleva le menton. Elle crut qu'il allait l'embrasser, mais il déclara :
– Vous êtes belle... incroyablement belle. Belle à couper le souffle...

Leurs yeux se rencontrèrent, et ni l'un ni l'autre ne bougèrent plus. On eût dit que quelque sortilège les tenait envoûtés, leur livrant les profondeurs de leur âme.

Le comte ôta sa main et dit d'une voix rauque :
– Si vous me regardez comme ça, je vais vous emporter dans ma caverne isolée et votre décision sera toute prise !

Il la souleva pour la déposer sur la selle, lui mit les rênes dans les mains et arrangea les plis de sa jupe comme si elle était une enfant.
– Je garde votre veste, dit-il. Si vous avez froid, dites-le-moi. Souvenez-vous que l'air des montagnes est traître quand on n'en a pas l'habitude.

Sa sollicitude et la douceur de sa voix amenèrent des larmes aux yeux de Vesta. Il l'enivrait lorsqu'il était passionné, autoritaire, mais quand il se montrait tendre et doux, elle avait l'impression qu'il lui dérobait le cœur; l'intensité de son amour pour lui échappait alors à toute expression. « Il est si merveilleux », se dit-elle.

Il sauta en selle et, quittant le plateau, s'engagea sur un étroit chemin, une sorte de sentier de chèvres menant au bas de la montagne. Une brise légère s'était levée, qui caressait le visage de Vesta et rendait la chaleur, encore très intense, plus supportable. Mais Vesta ne songeait qu'au comte, à son amour pour lui.

Il lui avait donné vingt-quatre heures pour prendre sa décision, et une chevauchée au bord d'un abîme lui eût paru moins redoutable que le dilemme qui se posait à elle.

Allait-elle l'abandonner ? Quitter cet homme qui l'émouvait au plus profond de son être, éveillait en elle un bonheur qu'elle n'eût pas soupçonné ? Pourtant, il y avait son devoir et la promesse faite à son père, à l'officier d'état civil, devant le Premier ministre de Katonie et lord Castlereagh, d'épouser le prince Alexandre. Était-elle assez méprisable pour renier sa parole, fuir ses obligations, ses responsabilités ? « Si seulement je pouvais demander conseil à quelqu'un », songea-t-elle en soupirant.

Elle observa les larges épaules du comte qui chevauchait devant elle. Il se retournait de temps à autre pour voir si elle le suivait, et en voyant le sourire à ses lèvres, elle imagina sans peine le feu qui couvait dans son regard. « Peut-on aimer si violemment, si soudainement ? » se demanda-t-elle. Mais son amour pour lui était là, puissant, indéniable, et comment eût-elle douté que le comte connût ce même émerveillement, ce même ravissement ?

Avec un frisson d'horreur, elle songea à ce qu'il avait dit de Mme Züleyna, de la faiblesse du prince. Le prince protégeait-il vraiment une femme qui, pour détruire son pays, allait jusqu'à provoquer la révolution ? C'est elle sans doute qui voulait son départ et avait incité les rebelles à marcher sur Jéno pour l'obliger à repartir. Ou pour la tuer.

Elle soupira. Tant d'incidents lui étaient arrivés dans ce pays où le danger semblait tapi partout... N'avait-elle pas simplement rêvé ?

Qui aurait pensé, en la voyant quitter l'Angleterre, future épouse d'un prince, escortée par un Premier ministre et emportant avec elle un riche trousseau, qu'elle se retrouverait avec pour seule fortune les vêtements qu'elle portait ? Et voilà qu'elle chevauchait avec un homme rencontré trois jours plus tôt, si follement amoureuse qu'elle n'avait plus d'autre ambition que d'être dans ses bras ! Le seul fait de penser à lui, de le voir cheminer devant elle, suffisait à l'émouvoir, à la faire trembler comme elle tremblait à son contact.

Mais tel un ange vengeur, le visage de son père lui apparut pour lui rappeler son devoir envers son pays. Lui n'aurait pas hésité un instant sur la conduite à tenir. Il lui aurait dit d'honorer sa promesse envers le prince car, quoi qu'elle pût apprendre sur son compte, elle l'avait accepté pour le meilleur et pour le pire. C'étaient même les paroles qu'ils échangeraient dans la cathédrale de Djilas où serait célébré leur mariage.

Vesta se vit alors debout sur les marches de l'autel, vêtue de sa robe blanche que sa mère et elle avaient choisie avec tant de soin. « De fabuleux joyaux t'attendent en Katonie, avait dit la duchesse. D'après le Premier ministre, la tiare de la princesse est presque une couronne. J'aurais aimé que tu emportes le voile que tes sœurs ont porté à leur mariage, mais il m'a dit aussi qu'un voile est réservé spécialement aux épouses royales. »

Ni les joyaux ni rien de ce qui l'attendait en Katonie n'intéressait pourtant Vesta, qui ne songeait qu'au prince. La trouverait-il belle ? Aimerait-il les robes choisies chez les plus grands tailleurs de Londres ? Auraient-ils beaucoup de choses en commun ?

« Vêtements et bijoux ont si peu d'importance, à présent ! » se dit-elle. Le comte l'avait vue dans deux tenues, sa robe de mousseline qu'elle portait à son arrivée, et son costume d'amazone froissé, poussiéreux, si malmené lors des deux derniers jours. Pourtant, il la trouvait belle, « incroyablement belle, belle à couper le souffle ». Elle frissonna, comme s'il venait de prononcer ces paroles.

« Que dois-je faire ? » Les mots résonnaient inlassablement dans sa tête, rythmés par le martèlement des sabots sur la piste. Une terrible lutte se livrait entre son cœur et sa tête. Celle-ci commandait de se conduire honorablement, de faire ce qu'on attendait d'elle ; or, elle était venue en Katonie en tant qu'épouse du prince ; tel serait donc son sort. Mais son cœur torturé lui criait qu'un tel coup lui serait mortel. Elle aimait le comte ! « Oui, je l'aime, je l'aime ! » Et de nouveau le visage de son père lui apparut.

Le duc aurait honte d'elle si elle lui faisait défaut en même temps qu'au prince. Elle songea à sa mère, à la conversation dont elle avait été témoin avant le mariage d'Angeline.

– Tu dois veiller sur ton mari, Angeline, avait dit la duchesse d'une voix douce.

– Hugo dit que c'est lui qui va veiller sur moi.

La duchesse avait souri.

– Les hommes disent toujours ça quand ils sont amoureux, mais une fois mariée, tu verras qu'une femme doit protéger, soutenir, inspirer son mari. C'est son devoir d'épouse.

– Comment pourrais-je protéger Hugo ? avait demandé Angeline, surprise.

– Tu le protégeras des soucis qui le troubleraient. Tu l'empêcheras de se surmener, d'être dérangé par les problèmes relatifs à tes enfants, et ennuyé par les gens qu'il n'aime pas.

La duchesse s'était mise à rire.

– Si tu savais combien de fois j'ai protégé ton

père ! Naturellement, il ne s'en doute même pas.
— Je vois ce que tu veux dire, maman, mais comment puis-je soutenir Hugo ?

La duchesse avait pris la main de sa fille dans la sienne.

— Tu le soutiendras, ma chère enfant, quand les choses iront mal. S'il a des ennuis financiers, tu l'aideras à comprendre qu'ils ont peu d'importance. Tu feras en sorte qu'il ait toujours confiance en l'avenir. Si, par malheur, il perd quelqu'un qu'il aime, il tournera vers toi son désespoir et toi seule pourras l'aider.

La voix de la duchesse s'était brisée. Vesta savait qu'elle songeait à la mort de Gerald. Oui, c'était elle qui avait su aider son père aux heures les plus noires, elle qui l'avait empêché de s'effondrer complètement quand il avait appris la terrible nouvelle. Oui, elle avait certainement soutenu son mari lorsqu'il avait eu besoin d'elle et Vesta s'était demandé si elle saurait soutenir un homme de la même manière.

— Enfin, tu devras inspirer ton mari, avait repris la duchesse. C'est la femme qui inspire l'homme. Il donnera le meilleur de lui-même, accomplira l'impossible s'il se bat pour celle qu'il aime. Ce n'est pas toujours facile, Angeline, avait-elle soupiré. C'est même souvent très difficile, mais si tu aimes l'homme que tu épouses, si tu comprends ce qu'implique ta tâche, rien ne sera trop difficile pour toi.

Angeline écoutait, les yeux écarquillés, et Vesta s'était demandé si sa mère lui dirait les mêmes choses lorsqu'elle se marierait à son tour. Mais elle avait reçu de tout autres conseils.

— N'oublie pas, ma chère enfant, qu'en épousant un étranger tu t'exposes à des problèmes et des difficultés que tu n'aurais pas eus autrement. Ne critique jamais ton mari, même en pensée, et souviens-toi que tolérance et compréhension sont essentielles à un heureux mariage.

« Dois-je comprendre et tolérer la passion du prince pour Mme Züleyna ? se demanda-t-elle. Est-ce possible ? Pourrons-nous jamais aborder franchement cette question ? » S'il aimait Mme Züleyna comme elle aimait le comte, leur mariage n'était-il pas voué à l'échec ? Si chacun d'eux brûlait pour un autre, il serait intolérable d'abuser le peuple en simulant le bonheur.

Tel un coup de couteau en plein cœur, les paroles du comte lui revinrent : « Savez-vous ce qui se passe quand un homme et une femme s'unissent ? » La peur de l'inconnu la fit frissonner et elle se souvint qu'il avait ajouté : « Ce peut être une extase merveilleuse et divine ou bien une chose obscène et dégradante. »

« Si le prince aime Mme Züleyna, et moi le comte, ce sera dégradant. » Comment seraient-ils mari et femme, unis en une seule chair, si leur union répondait à une exigence politique sans qu'aucun intérêt, aucune affection réels les lient l'un à l'autre ? « Pourquoi n'y ai-je pas songé plus tôt ? » La réponse était simple : avant, elle n'était pas amoureuse.

Les chevaux gravissaient le flanc de la montagne. Bientôt, ils franchiraient la crête et se trouveraient sur le versant qui regardait Djilas, où l'attendait son époux. Elle songea à lui non en tant que prince mais en tant qu'homme. Un homme qui l'embrasserait parce que c'était son devoir, un homme prêt à lui donner des enfants pour assurer la continuité de la maison royale.

« Je ne peux le supporter », songea-t-elle avec force. Puis elle se rappela les brigands agenouillés à ses pieds pour lui rendre hommage. L'auraient-ils fait s'ils avaient su qu'elle était une femme qui fuyait son devoir ? « Si seulement quelqu'un pouvait m'aider... » Plus que tout, elle désirait sentir autour d'elle le réconfort des bras du comte, les ailes protectrices de l'aigle...

Ils avaient atteint la cime et le comte immobilisa son cheval pour l'attendre. Impatiente de se rapprocher de lui, d'entendre sa voix, elle poussa sa monture.

– Vous êtes fatiguée, ma chérie ? demanda-t-il lorsqu'elle le rejoignit.

– Un peu, murmura-t-elle.

– En ce cas, réjouissez-vous, nous sommes presque arrivés.

Surprise, elle suivit la direction de son regard, qui se portait plus bas, un peu sur leur gauche. Et elle vit, à un kilomètre au plus, une maison. Elle était perchée sur le flanc de la montagne, entourée d'arbres sur trois côtés, clairement visible de l'endroit où ils se trouvaient.

– Une maison ! À qui appartient-elle ?

– C'est un des pavillons de chasse royaux, répondit le comte. Le prince ou ses courtisans y résident quand ils chassent en forêt.

Devançant la question qu'elle allait poser, il ajouta :

– Djilas se trouve à trois heures d'ici. Je vous ai dit que les brigands nous avaient considérablement retardés.

Vesta regarda vers la vallée comme si elle s'attendait à voir Djilas dans le lointain, puis ses yeux revinrent se poser sur la maison.

– Pouvons-nous y dormir ?

– J'en ai bien l'intention. Le vieux couple qui s'occupait du pavillon s'est retiré depuis le mois de mars mais il a dû être remplacé à présent. Nous avons grand besoin d'un bon bain et d'un repas civilisé !

– J'ai apprécié notre déjeuner, dit-elle en souriant.

– Moi aussi.

Elle sut au ton de sa voix qu'il ne songeait pas aux truites mais au moment où il l'avait embrassée. Elle rougit un peu et ils descendirent la colline. En approchant de la demeure, Vesta constata qu'elle était charmante. Devant les fenêtres étincelantes s'étendait une terrasse bordée par une balustrade de pierre, et au-dessous, à flanc de coteau, un jardin au centre duquel jouait une fontaine. Partout, il y avait des azalées jaunes et flamme, flanquées d'arbustes à fleurs roses, blanches ou pourpres. On eût dit un château de conte de fées. Les yeux brillants, elle se tourna vers le comte.

– C'est charmant. J'adorerais vivre dans une maison comme celle-ci.

– Elle appartient au prince, je viens de vous le dire.

Elle frissonna, et la maison perdit de son attrait.

Ils remontèrent une petite allée avant de s'arrêter devant la lourde porte en bois cloutée de fer située derrière le bâtiment. Vesta regarda avec une légère appréhension le porche surmonté du blason royal. Le comte avait mis pied à terre. Il tira une longue chaîne suspendue à l'entrée.

Quelques instants plus tard, un homme d'âge moyen en costume du pays apparut. Le comte se présenta et instantanément la porte s'ouvrit toute grande. Laissant les chevaux, ils pénétrèrent dans un petit hall.

– J'envoie un palefrenier pour les chevaux, Honorable Ban, dit le domestique.

– Veillez à ce qu'ils soient bien soignés.

– Ce sera fait, Honorable Ban.

Une femme arriva, vraisemblablement l'épouse du serviteur, suivie d'une jeune fille. Toutes deux portaient le costume national, un corselet de velours noir lacé sur un corsage blanc bouffant, une ample jupe rouge recouverte d'un tablier bordé de dentelle.

Elles firent une révérence. Le comte leur demanda leurs noms puis expliqua qu'ils voulaient un bain, et après cela un bon dîner. Si elle avait du mal à comprendre les servantes, Vesta interpréta sans peine leur sourire de bonne volonté. Elles la menèrent à une belle chambre située à l'étage.

Vesta ôta son chapeau et s'approcha de la fenêtre pour contempler le jardin et la vallée richement boisée qui s'étendait au-delà. Elle découvrit même un petit lac à proximité.

Puis elle s'étendit sur le lit en attendant son bain. Elle avait beau être lasse, l'idée de passer une nouvelle soirée en compagnie du comte l'exaltait. En quittant les brigands, elle redoutait presque d'atteindre Djilas dans la journée, et quand il avait dit qu'elle avait vingt-quatre heures pour se décider, ç'avait été comme un sursis. « Nous serons seuls et nous pourrons bavarder », songea-t-elle. Cette perspective lui souriait d'autant plus qu'elle n'avait jamais dîné en tête-à-tête avec un homme. Sans doute, ils avaient déjà dîné ensemble, à l'auberge. Mais d'une part, elle avait cuisiné elle-même, d'autre part et surtout, elle était trop persuadée de haïr le comte pour se rendre compte que cette soirée allait bouleverser sa vie. Ce soir, ils se retrouveraient dans un cadre civilisé !

Elle frémissait rien que d'y penser. L'embrasserait-il ? Elle ferma les yeux pour mieux revivre l'instant, au bord de la cascade, où il l'avait attirée dans ses bras, où elle avait senti ses lèvres sur les siennes.

Mais le bain l'attendait et elle fit un effort pour se lever.

Les servantes avaient posé le grand baquet rond, rempli d'eau chaude, devant la cheminée où brûlait un bon feu. Deux brocs attendaient à côté, l'un plein d'eau chaude, l'autre d'eau froide, afin qu'elle réchauffe ou refroidisse à sa guise la température du bain. Elle se déshabilla. En voyant l'état de son costume, la femme âgée déclara :

– Je vais le nettoyer, Votre Grâce, ainsi que tout ce que vous portez. Il paraît que vous avez fait un long voyage.

— Oui, un très long voyage...

Elle s'immergea dans l'eau chaude et parfumée avec une indicible joie. Les grandes serviettes avec lesquelles elle se sécha fleuraient la lavande et lui évoquèrent l'Angleterre : les filles de la duchesse, à la demande de leur mère, cueillaient la lavande chaque année, la mettaient ensuite dans des sachets mauves fermés par un ruban de même couleur, afin de les distinguer des sacs emplis de pétales de rose.

La jeune servante lui apporta une bassine d'eau chaude afin qu'elle pût débarrasser sa chevelure dorée de toute trace de poussière. Après quoi, elle lui frotta la tête devant le feu. L'autre femme était sortie en annonçant qu'elle devait préparer le dîner. Lorsque enfin sa chevelure tomba sur ses épaules, douce et vaporeuse, étincelante de lumière, Vesta s'aperçut tristement qu'elle n'avait plus rien à se mettre pour dîner avec le comte. La servante avait tout emporté.

— Voulez-vous aller chercher mes vêtements, s'il vous plaît ? demanda-t-elle à la jeune fille.

Celle-ci fit une révérence et Vesta continua de sécher ses cheveux. Elle commençait à avoir faim.

— Ma mère a dit que Votre Grâce ne peut porter ces vêtements sales, fit la jeune fille qui revenait. Elle en a parlé à l'Honorable Ban et il suggère que vous mettiez ceci.

Elle lui présenta deux tenues, une chemise de nuit de fine soie blanche et une robe à larges manches semblable à celles portées par les moines. Vesta tendit la main pour la toucher. Elle était tissée dans une douce laine blanche, d'une incomparable finesse, provenant sûrement de ces moutons hongrois dont la laine est si recherchée.

— Ce sera certainement confortable, dit-elle en souriant.

La jeune fille l'aida à revêtir la soie caressante, puis Vesta enfila la robe de laine. Elle noua étroitement la cordelette autour de sa taille. L'étoffe de la robe était si fine que, malgré son ampleur, elle moulait étroitement sa silhouette, soulignant les courbes de sa poitrine. Toutefois elle était trop longue, et Vesta, à sa grande horreur, vit la servante munie d'une paire de ciseaux s'agenouiller auprès d'elle.

– Vous n'allez pas couper cette robe ! s'écria-t-elle.

– L'Honorable Ban m'a dit de le faire.

C'était un sacrilège, mais puisque le comte l'avait suggéré, elle laissa faire la jeune fille. Bientôt robe et chemise lui couvraient tout juste les pieds.

En la voyant ainsi vêtue, la plus âgée des servantes, qui venait d'entrer, sourit.

– Voici une paire de sandales, Votre Grâce. Elles ne sont pas très grandes – je les ai achetées pour ma plus jeune fille qui n'a que dix ans – mais elles devraient aller à votre petit pied. Elles n'ont jamais été portées.

– Comme c'est gentil ! s'exclama Vesta. Je serai très heureuse de les mettre.

Les sandales, deux simples lanières enserrant l'une la cheville, l'autre les orteils, étaient celles des paysannes méditerranéennes depuis l'Antiquité grecque. Elles allaient parfaitement à Vesta, qui fut soulagée de n'avoir pas à se présenter nu-pieds devant le comte.

– Je dois me coiffer, dit-elle en se tournant vers le miroir posé sur la coiffeuse.

– Vos cheveux ne sont pas tout à fait secs, Votre Grâce, répondit la jeune servante.

Elle lui tendit un ruban bleu. Vesta le noua sur sa nuque comme une écolière. Après tout, elle était si étrangement vêtue que ses cheveux flottants ne changeraient finalement pas grand-chose ! Puis elle retroussa légèrement les manches de la robe de sorte qu'elles encadrent ses poignets et, tout intimidée, elle descendit l'escalier.

Les murs lambrissés du hall étaient couverts de bois de cerfs de toute taille et de toute forme. La tête empaillée d'un gros ours surmontait l'âtre et, lorsqu'elle pénétra au salon, elle vit encore aux murs d'autres bois de cerfs.

Au premier coup d'œil, il était évident que cette pièce appartenait à un homme. La cheminée était énorme, comme le sofa revêtu de cuir, mais Vesta n'avait d'yeux que pour le comte, debout auprès du feu. Lui aussi avait changé de vêtements, et pour la première fois, elle le voyait habillé comme devait l'être un gentilhomme. Avec sa cravate blanche nouée haut comme celle des élégants de Londres, son manteau de velours bleu et sa culotte moulante jaune pâle, à la dernière mode, il semblait très différent, et Vesta se sentit plus intimidée que jamais.

Il traversa la pièce pour venir vers elle et lui prit les mains qu'il porta tour à tour à ses lèvres.

– Comment vous sentez-vous, à présent ?

– Je me sens... gênée, répondit-elle. C'est très gentil à vous de m'avoir prêté ces vêtements mais...

– Vous êtes belle, si c'est ce que vous voulez savoir ! coupa-t-il. Et c'est la première fois que je vois vos cheveux flottant sur vos épaules. Ils sont magnifiques, savez-vous ?

Le son de sa voix la fit rougir un peu et elle s'approcha de l'âtre.

– Je crois, reprit le comte, que je devrais vous mettre dans une châsse et brûler des cierges devant vous !

– Vous... m'intimidez, protesta-t-elle. Vous m'avez prêté cette belle robe, et une telle délicatesse me touche profondément. Mais je déplore qu'on ait dû la couper pour moi.

– Les pavillons sont rarement honorés de la présence d'une femme. Et quand j'aurais eu sous la main un couturier parisien, il n'aurait pu réaliser modèle plus seyant !

Il s'approcha de la table disposée dans un angle et emplit deux verres de vin.

– Il est très différent de celui que nous avons bu la nuit dernière, fit-il.

En goûtant le liquide doré légèrement pétillant, Vesta songea au soleil. Le comte l'observait, avec dans les yeux une expression qui l'effrayait et l'enivrait tout à la fois. Nerveuse, elle regarda autour d'elle.

– C'est charmant ici. Mais on voit que c'est le domaine d'un célibataire !

– Avez-vous tellement d'éléments de comparaison ? demanda le comte en souriant.

– J'imagine que c'est ce que choisirait un homme s'il s'installait à son goût.

– Vous avez raison. J'ai souvent demeuré ici mais nulle femme n'est venue me distraire de la chasse.

– Quand vous reviendrez désormais, mon influence ne va-t-elle pas vous... perturber ?

– Êtes-vous certaine que vous ne serez pas avec moi ?

Elle se détourna et regarda le feu. Pas un instant ils n'oubliaient qu'elle devait prendre une décision. L'alternative était suspendue au-dessus d'elle comme une épée de Damoclès et lui faisait douter d'elle-même, malgré son indicible joie de se trouver en tête à tête avec le comte.

– Dites-moi pourquoi les domestiques vous appellent « Ban » ? demanda-t-elle pour changer de sujet. Jamais je n'ai entendu ce mot.

– Il est hongrois et signifie Haute Dignité. Avant de venir ici, Jozef et sa femme travaillaient dans une maison noble, originaire de Hongrie, comme la majorité des personnes importantes en Katonie.

– J'ai toujours rêvé de rencontrer un Hongrois, dit-elle. On dit d'eux tant de choses !

– Par exemple ?

– Que ce sont d'excellents cavaliers, répondit-

elle en se rappelant ce qu'avait dit l'aide de camp.
— Vous a-t-on dit aussi qu'ils étaient bons amants ?

Vesta s'empourpra.

— Il y a une chanson hongroise, reprit le comte, qui dit ceci : « Nos hommes sont braves, vaillants, passionnés, mais ils savent aussi se montrer doux et tendres avec celle qu'ils aiment. »

Au ton de sa voix, elle se souvint que dans ses veines coulait du sang hongrois. « Ce qu'il dit est exact », songea-t-elle. Bien que passionné, il savait aussi se montrer doux lorsqu'il lui nouait son chapeau sous le menton ou la soulevait de sa selle. Et comme il avait été tendre quand elle s'était jetée dans ses bras, effrayée, et qu'il l'avait laissée dormir contre son épaule !

Le comte observait son visage.

— Ai-je l'une de ces qualités ? demanda-t-il doucement.

— Vous les avez toutes.

Elle se tourna vers lui, et lorsque leurs yeux se rencontrèrent, ils restèrent prisonniers du même charme.

Le comte se leva.

— Je vous ai dit de ne pas me regarder ainsi ! J'essaie de me conduire en gentleman car vous êtes seule ici. Mais c'est difficile, ma chérie, ne me tentez pas trop !

— Et... si je le fais ? murmura-t-elle.

— En ce cas, je vous aimerai comme vous souhaitez l'être, je vous ferai mienne, et après cela, vous ne m'échapperez plus jamais.

Sa voix rauque trahissait l'effort qu'il faisait pour se dominer. Si elle le poussait trop loin, il céderait à la violence de sa passion et rien de ce qu'elle pourrait dire ou faire ne l'arrêterait alors. N'osant plus le regarder, elle contempla obstinément le feu. Bientôt, Jozef vint annoncer le dîner.

Le comte s'approcha d'elle et lui tendit la main.

— Nous avons faim, dit-il. Après le dîner, nous parlerons de nous, mais pour l'instant, dégustons un repas que nous n'avons préparé ni l'un ni l'autre et qui sera, en tout cas, comestible.

— Je suis si affamée, répondit-elle en souriant, que pour moi ce sera l'ambroisie et le nectar des dieux !

— Quoi de plus adéquat quand une déesse, une adorable et séduisante petite déesse, va dîner avec un homme qui se prosterne à ses pieds ?

Il glissa son bras sous le sien et la guida vers la salle à manger.

8

Vesta dévora de bon cœur le délicieux dîner. Jozef avait expliqué d'un ton navré qu'ils n'avaient pas pu faire grand-chose en si peu de temps. Pourtant, les melons dorés furent suivis de truites fraîchement pêchées dans le lac. Leur chair était rose, leur goût, très différent de celles attrapées par le comte auprès de la cascade. Elles étaient parsemées d'amandes du pays. Chacun dégusta ensuite un poussin cuit aux herbes et accompagné de légumes délicieux dont certains étaient inconnus à Vesta. Le visage empourpré par le feu qui flambait dans la cuisine, Jozef apporta bientôt une brochette d'agnelet grillée sur une épée. Ils terminèrent le repas avec des pêches du jardin, flambées au brandy et nappées de crème fraîche.

Vesta, qui terminait sa deuxième part de dessert, sourit.

— Je crois que je ne suis pas près d'avoir faim !

— Nous avons bien mérité ce repas, répondit le comte.

Il se cala dans sa haute chaise sculptée, en

bout de table. Jozef apporta encore des fruits et des noix dans des plats en porcelaine de Sèvres.

— Savez-vous, petite déesse du feu, que jamais vous ne m'avez appelé par mon nom ?

Vesta sourit.

— J'ai peur de le prononcer mal. C'est une variante de Nicolas, je crois ?

— Effectivement. Cela vient du grec et signifie « victoire pour le peuple ».

Vesta se mit à rire.

— Cela devrait être un nom de révolutionnaire !

— Je le suis en ce qui vous concerne. Parce que je compte bien bouleverser l'ordre actuel des choses !

Comprenant qu'il faisait allusion à sa position d'épouse princière, elle répondit :

— J'ai été élevée avec la conviction que révolutions et révolutionnaires sont... mauvais.

— C'est ce que vous pensez de moi ?

Elle voulut détourner les yeux mais elle était fascinée par ce regard qui la tenait captive.

— Répondez-moi !

— ... Vous avez toujours été bon et gentil... envers moi.

Comme c'était vrai ! Auprès de quel autre homme eût-elle dormi sans se sentir gênée ou effrayée ? Pour la première fois, elle comprit qu'au-delà des dangers qu'elle avait surmontés s'en cachaient de plus subtils.

— Avez-vous confiance en moi ? demanda-t-il comme s'il avait deviné ses pensées.

— Vous le savez bien.

Longtemps, il la contempla, et elle eut l'impression qu'il lisait au fond de son cœur.

— Jamais je ne vous ferai de mal, mon doux ange, dit-il lentement. Jamais je ne vous ferai peur en aucune manière.

Elle baissa les yeux. Ses cils noirs tranchaient sur la blancheur de son teint.

— Mais je vous combattrai, je vous cajolerai,

je vous supplierai de vous donner à moi, et tant que je ne serai pas totalement vaincu, je n'admettrai pas la défaite.

Sa voix vibrait de tendresse. Avec une douceur qui charma le cœur de Vesta, il ajouta :

– Dites mon nom ! Laissez-moi l'entendre de vos lèvres, pour qu'il me semble doux, tendre comme ces baisers que pour l'instant je ne puis vous donner.

– Miklos, murmura-t-elle d'un ton caressant.

Jozef versa au comte un verre de cognac. Vesta avait bu du champagne pendant le repas et quand il lui offrit une liqueur katonienne, elle secoua la tête.

– Elle vous plairait, dit le comte.
– Je n'ai pas l'habitude du vin.
– Je ne vous laisserai pas en boire trop.

Lorsque sa voix avait ces accents caressants, Vesta se sentait emplie d'un doux sentiment de sécurité, de bonheur. Il était fort, puissant. Jamais sans doute elle ne pourrait le protéger comme une femme devait protéger l'homme qu'elle aime. « J'ai besoin de lui, se dit-elle. Mais comment pourrait-il avoir besoin de moi autrement que comme quelqu'un à aimer ? » Elle entendait encore les paroles de sa mère : « Une femme doit protéger, soutenir, inspirer l'homme qu'elle aime. » Laquelle de ces tâches aurait-elle pu remplir auprès du comte ?

Soudain, elle se sentit jeune et naïve. Vêtu en homme du monde, le comte semblait différent de celui qui chevauchait dans la forêt, chemise ouverte, ou qui, manches relevées jusqu'aux coudes, attrapait les truites à la cascade. Elle doutait d'elle, de lui. Que serait-elle d'autre qu'un jouet pour cet homme plus âgé qu'elle, plus expérimenté, qui la persuadait de faire ce qu'elle croyait mal ? Peut-être, malgré son amour pour lui, ne parviendrait-elle jamais à comprendre cet étranger si intelligent et si fort ?

Ils restèrent attablés un moment, éclairés par les bougies d'un candélabre d'argent. Puis il se leva et, enlaçant sa taille, il la guida au salon.

Les rideaux avaient été tirés en leur absence. Les flammes léchaient les grosses bûches empilées dans l'âtre. D'épaisses bougies blanches piquées dans des torchères sculptées éclairaient les tableaux, les bois de cerfs, les grandes jattes de fleurs odorantes posées sur chaque desserte.

Vesta allait s'asseoir sur le sofa mais le comte lui dit :

— Je veux que vous voyiez le coucher de soleil. Il est si beau, depuis la terrasse ! Je l'ai souvent contemplé seul en regrettant de n'avoir personne à mon côté.

— Vous avez toujours envie de partager un beau spectacle ?

— Toujours. Et lorsque c'est impossible, la solitude m'est très douloureuse.

Elle le regarda, ses grands yeux bleus pleins d'étonnement.

— Alors, vous aussi, vous éprouvez cela ?

— Je crois que nous éprouvons les mêmes sentiments dans bien des domaines.

Il plongea son regard dans le sien et elle crut qu'il allait l'embrasser. Mais il s'écarta à contrecœur.

— Allons, venez, fit-il d'un ton brusque.

Il souleva un des lourds rideaux de velours rouge. Derrière, la porte-fenêtre était ouverte sur la terrasse. Ils sortirent.

La terrasse était pavée de dalles de pierre entre lesquelles perçaient de minuscules fleurs blanches et mauves. Les bougainvillées pourpres, enchanteresses, s'accrochaient à la balustrade, à côté de géraniums grimpants roses, mauves, écarlates. Le ciel, où le soleil sombrait derrière les cimes enneigées, dans un flamboiement de couleurs pâlissant là où apparaissaient les premières ombres de la nuit, offrait un tableau tout aussi beau.

Vesta s'était immobilisée juste derrière la fenêtre.

– C'est charmant ! s'exclama-t-elle. Si charmant ! Je suis heureuse d'admirer un tel spectacle auprès de vous.

– J'ai toujours su qu'un jour je partagerais cet instant avec quelqu'un que j'aime, dit le comte d'une voix grave. Je ressentais un tel vide, ici, tout seul. Pourtant, je n'ai jamais manqué d'y venir après le dîner, laissant les autres hommes parler autour de la table. Quel que fût l'intérêt de la conversation, le coucher du soleil m'attirait irrésistiblement.

– Et maintenant je suis là... avec vous.

– Je me souviendrai toujours de vous à ce moment.

Ses yeux noirs observaient le doux arc des lèvres de Vesta et les reflets dorés du soleil mourant dans son regard. Comme s'il l'y avait contrainte, elle tourna la tête vers lui.

– Mon cœur, ma vie, mon âme, dit-il très doucement.

La passion vibrait dans sa voix et Vesta frissonna.

Il y eut un bruit soudain. Une silhouette enjamba lestement la balustrade, leur fit face. L'homme avait l'air dur et féroce, les longs cheveux, le regard brûlant d'un fanatique. Ils le dévisagèrent, stupéfaits.

– Mort aux aristocrates ! s'écria-t-il d'une voix sinistre.

Au moment où Vesta remarquait le pistolet qu'il avait à la main, il visa le comte. Instinctivement, elle se jeta devant lui, bras étendus.

Son geste prit l'assaillant par surprise. Il hésita une brève seconde. Un coup de feu claqua derrière lui, il s'effondra sur les dalles. En tombant, il appuya sur la détente.

Il y eut une détonation assourdissante. La balle, traversant la large manche de Vesta, alla fracasser la vitre derrière elle. Vesta demeura pétrifiée, respirant à peine, la tête emplie du formidable écho. Puis elle sentit que le comte la prenait dans ses bras et l'emportait.

Elle cacha son visage contre lui, trop bouleversée pour comprendre ce qui s'était produit. Il la déposa tout doucement sur le sofa du salon, examina le trou dans la manche de sa robe et comprit qu'elle n'était pas blessée. Sans un mot, il souleva le rideau et retourna sur la terrasse.

Vesta ne bougea pas. Ses tympans vibraient encore du tonnerre des coups de feu. Pourtant, des bruits de voix lui parvenaient à présent du dehors. La peur l'envahit et elle se mit à trembler. Le feu ne la réchauffait pas. Une vague de soulagement la souleva pourtant quand elle réalisa qu'elle avait sauvé la vie du comte. Sans son geste impulsif, l'assaillant n'aurait pas eu cette seconde d'hésitation, le coup qui l'avait tué serait parti trop tard. Et elle comprit que si, à sa place, le comte gisait maintenant mort sur la terrasse, elle n'aurait plus voulu vivre.

Il avait raison ! L'amour était plus important, plus grand que tout le reste ! L'amour véritable, l'amour irrésistible, dévorant, ne pouvait être nié.

« Je resterai auprès de lui puisqu'il a besoin de moi. » Elle l'avait cru trop puissant, trop fort, trop impérieux pour avoir besoin d'elle. Pourtant, en une fraction de seconde, elle lui avait sauvé la vie. « Et pour la deuxième fois ! songea-t-elle, souriante, en se remémorant l'épisode des brigands. Même maman comprendrait que je protège l'homme que j'aime si elle savait cela. »

Elle s'adossa aux coussins de soie du sofa. Maintenant qu'elle avait cessé de trembler, elle sentait la chaleur du feu la pénétrer doucement. Les voix au-dehors s'étaient tues et le silence régnait. Que faisait le comte ? Mettrait-il longtemps à lui revenir ?

Alors qu'elle désirait si ardemment sa présence, la porte du salon s'ouvrit, et il s'avança enfin. Au centre de la pièce, il s'arrêta pour la regarder. Son visage était très pâle. Puis lentement, très lentement, il s'approcha d'elle.

– Comment avez-vous pu faire ça ? Comment avez-vous pu risquer votre vie pour sauver la mienne ?

Sa voix était altérée par l'émotion. Vesta leva les yeux vers lui.

– C'est parce que... je vous aime.

Il la dévisagea, puis il dit, d'une voix incertaine :

– C'est vrai, mon amour ? Vous êtes sincère ?

– Je le suis, murmura-t-elle.

Il s'agenouilla et, la prenant dans ses bras, il posa la tête sur sa poitrine. Elle leva timidement la main pour toucher ses cheveux. Ils étaient doux et vivants sous ses doigts. Et elle éprouva, à le voir ainsi blotti contre elle, une émotion intense. Cet homme lui appartenait et avait besoin de son amour, de ses soins, de sa protection. Elle voulait veiller sur lui, le protéger de la souffrance, le soutenir, et pour l'instant, il était plus son enfant que son amant.

Il releva la tête et demanda d'une voix assurée :

– Voulez-vous dire, mon amour, que vous m'aimez assez pour renoncer à tout le reste ?

– Je sais maintenant que je ne peux pas vivre sans vous.

Il la regarda.

– Je jure devant Dieu que je consacrerai ma vie à vous servir et à vous rendre heureuse !

Leurs lèvres se rencontrèrent, scellant ce serment d'un baiser empreint d'une spiritualité nouvelle. Elle se sentit transportée par cette même joie, cette même extase magique qui l'avait envahie la première fois qu'il l'avait embrassée.

Mais à présent, leur intimité revêtait un caractère divin et sacré.

Le comte s'écarta légèrement et Vesta comprit en voyant son visage combien il était ému par un sentiment plus profond, plus formidable que la passion, un sentiment qui vibrait entre eux, irradiant toute la pièce d'un éclat prodigieux.

Il se releva et s'assit à côté d'elle sur le sofa. Puis il défit le ruban bleu, enfouit son visage dans les cheveux blonds et ses lèvres de nouveau se posèrent sur celles de Vesta.

– Je vous aime... Aucun mot ne suffira jamais à décrire son amour.

– Je vous aime aussi... Mais ne serait-il pas aussi bien que vous alliez seul voir le prince pour lui demander de me libérer de mon engagement ?

– La révolution est terminée, dit le comte. Pourquoi voudriez-vous que j'y aille seul ?

Vesta hésita un instant puis elle appuya son visage contre son épaule et dit très doucement :

– Nous devons envisager la possibilité que Son Altesse Royale refuse.

– Et en ce cas ?

Elle sentit ses bras se raidir autour d'elle.

– Je vous suivrai tout de même si vous... me voulez.

– Est-ce vrai ? Est-ce vrai, mon amour ?

– C'est vrai... Je sais désormais que sans vous je serais, comme vous me l'avez dit, une coquille vide. Je crois que Dieu nous a faits l'un pour l'autre, et vous avez raison, nul homme d'État ne peut nous séparer.

– Vous feriez ça pour moi ? Vous abandonneriez ce qui comptait tant pour vous, votre position sociale, le respect des autres ?

– Rien ne m'importe plus que vous. Toutefois, si le prince ne veut pas me libérer, je devrai... cesser d'exister.

– Je ne comprends pas.

— Je veux dire, fit-elle d'une toute petite voix, que lady Vesta Cressington-Font aura succombé au cours du voyage de Jéno à Djilas. Vous écrirez à mon père et lui direz que je suis morte. S'il apprenait que je vis avec vous dans ce qu'il considère comme... le péché, la blessure serait trop cruelle. Je refuse de la lui infliger.

Elle fit une pause et continua vaillamment :

— Le peuple de Katonie devra croire également que je suis morte. Peut-être des mains des rebelles... L'homme qui vient de tirer aurait pu me tuer.

— Il aurait pu. C'était un anarchiste, ma chérie, les soldats l'ont pourchassé toute la journée.

— En ce cas, il serait facile de dire qu'en mourant il a tiré sur moi. Enfin, si le prince refuse de me laisser devenir votre femme.

Elle hésita puis demanda :

— Vous voulez bien m'avoir... pour épouse ?

— Je vous désire comme jamais homme n'a désiré une femme à ce jour. Je vous l'ai dit, Vesta, sans vous, je ne suis plus rien car vous possédez maintenant mon esprit, mon corps, mon âme.

La violente passion qu'il exprimait la fit frémir.

— Il faut que vous persuadiez le prince de me libérer ! s'écria-t-elle. Implorez-le, suppliez-le, à genoux si nécessaire, de nous laisser être... heureux ensemble !

— S'il refusait et que nous devions nous cacher comme des parias, qu'adviendrait-il si, les années passant, vous vous lassiez de moi ?

— Jamais, répondit-elle en souriant, jamais mon amour ne changera. Il ne fera que grandir, s'approfondir au fil du temps, je le sais. Mais... c'est peut-être vous qui vous lasserez de moi ?

— Et alors ?

— Ma vie serait finie. Pourtant je préfère aimer peu de temps que de vivre sans amour, sans joie, sans vous.

Leurs lèvres s'unirent et Vesta oublia tout le reste...

Il écarta les mèches blondes qui couvraient ses joues et baisa ses paupières.
— Et maintenant, ma chérie, je vais vous quitter.
— Me quitter ? s'écria-t-elle.
— Il y a six soldats dehors. Je vais en prendre deux pour aller à Djilas. Les quatre autres resteront pour assurer votre protection.
— Pourquoi partir ce soir ?
— Pour plusieurs raisons, la première étant que je veux faire ce que vous m'avez demandé afin que nous puissions nous marier dès que possible. Je ne peux plus attendre, Vesta, je vous veux, maintenant, tout de suite !

Il l'embrassa et, la sentant s'émouvoir et trembler sous sa bouche, voyant le rythme rapide de sa poitrine et le souffle haletant qui sortait de ses lèvres, il murmura :
— Je crois, mon doux ange, que la belle au bois dormant s'est éveillée.
— Grâce à vous... et je sais que le feu dont vous parliez brûle en moi désormais.
— Je le sais aussi, et je l'attiserai davantage jusqu'à ce qu'il brûle dans vos yeux, jusqu'à ce que le brasier qui rugit en moi trouve en vous son écho.

Il sembla sur le point de l'embrasser mais il se ravisa au dernier moment.
— Si je veux aller cette nuit à Djilas, c'est que je n'ose pas rester seul ici avec vous, ma chérie, et vous en connaissez la raison.

Vesta éclata d'un petit rire joyeux.
— Comme tout le monde serait choqué de nous savoir ici ensemble alors que nous ne sommes pas mariés !

Le comte lui sourit :
— Rien de ce que nous avons fait depuis notre

rencontre n'a été conventionnel ni prévisible !
– C'est vrai. Qui aurait imaginé qu'après avoir quitté l'Angleterre au milieu de tant de pompe et d'apparat, je me retrouverais dans un pavillon de chasse, étrangement vêtue, avec un homme que j'aime de tout mon cœur, de toute mon âme et que trois jours plus tôt je n'avais jamais vu !

Le comte se joignit à son hilarité.

– Personne ne le croirait !

– Pourtant, c'est vrai, fit-elle presque avec inquiétude, comme si elle avait besoin de se l'entendre confirmer.

– C'est vrai, mon amour, mon merveilleux amour, et il n'est plus temps de revenir en arrière. Vous m'aimez, je vous aime, et nous resterons toujours ensemble.

Vesta glissa ses bras autour du cou du jeune homme et attira sa tête contre elle.

– Serez-vous en sécurité ? demanda-t-elle. Promettez-le-moi ! Supposez qu'on vous... tue en chemin ?

– Je n'ai rien à craindre : d'après les soldats, tous les rebelles ont été pris. Beaucoup étaient exilés ou déportés avant même que j'arrive à Jéno. Ceux qui restaient étaient de redoutables anarchistes, des hommes qui tuent pour le plaisir.

– Comment ont-ils fait pour entrer en Katonie ?

– Ils y ont été introduits délibérément, répondit le comte d'une voix dure.

Vesta comprit qu'il faisait allusion à Mme Züleyna et elle détesta cette femme qui avait failli indirectement le tuer.

– Êtes-vous certain qu'il n'en reste plus ?

– Oui, cet homme était le dernier, le plus malin, le plus insaisissable... Il avait déjà été chassé d'autres pays pour ses activités anarchistes.

– Il est mort maintenant, dit Vesta en poussant un soupir.

— Et je suis vivant, grâce à vous, mon courageux petit ange !

Ses bras se resserrèrent autour d'elle.

— Dire que vous avez risqué votre vie pour sauver la mienne !

— C'est à ce moment-là que j'ai compris combien je vous aime. Toute la journée, je m'étais torturée pour essayer de prendre une décision, j'éprouvais le besoin d'être conseillée.

— J'ai vu que vous étiez la proie d'un violent conflit, mais c'est une chose, mon amour, dont vous deviez décider seule. J'avais envie de vous contraindre, j'avais envie de vous emporter pour que vous m'aimiez, mais cela n'aurait pas été juste. Vous deviez choisir.

— Je n'ai pas choisi : quand l'anarchiste vous a menacé, j'ai compris que vous étiez ma vie.

— Et maintenant, vous êtes à moi pour l'éternité...

Il embrassa son tendre front, les sourcils délicatement arqués, le petit nez droit.

— Je voudrais rester ici toute la nuit et vous tenir dans mes bras jusqu'au matin. Très bientôt, mon cœur, je vous embrasserai depuis vos boucles dorées jusqu'à vos adorables petits pieds.

Il déposa un baiser sur ses charmantes oreilles.

— Mais je n'ai pas le moindre désir de vous effrayer, adorable Vesta. Il faut donc que je parte. Je ne serai pas long, je vous le promets.

— Je veux être votre femme.

— Et moi votre mari.

Il posa sa bouche sur la sienne puis, lentement, à contrecœur, il se leva.

— Promettez-moi de ne pas quitter la maison avant mon retour ou avant de recevoir un message de moi. Vous pouvez aller sur la terrasse ou dans le jardin, les soldats vous gardent, mais ne vous aventurez pas dans les bois. Je n'aurai pas un instant de répit si je vous crois en danger.

Vesta se leva à son tour.

— Et moi qui vais trembler en songeant qu'à chaque seconde un homme essaie peut-être de tirer sur vous !

— Je vous promets que je ne risque rien. Nous galoperons à bride abattue.

Vesta cacha son visage contre son épaule.

— Vous expliquerez au prince que je voulais tenir la promesse faite à Londres, que quand vous êtes arrivé à Jéno, je comptais venir à lui pour... l'aider s'il avait eu besoin de moi ?

— Je le lui expliquerai, Vesta, je dirai toute la vérité. Je dirai que je vous aime plus que je ne croyais possible d'aimer et que nous étions faits l'un pour l'autre depuis l'aube des temps.

— Oh ! Mon chéri, dit-elle d'une voix douce, j'ai peur... de vous perdre. Nous sommes trop heureux. Les dieux vont être jaloux.

Le comte se mit à rire et souleva son visage vers lui.

— Les dieux ne seront pas jaloux des leurs. Vous êtes la déesse du feu, ma chérie, et celle de mon cœur. Et puisque vous êtes si parfaite, nous trouverons ensemble le bonheur parfait.

— Je l'espère, fit-elle dans un sanglot.

Elle redoutait son départ car elle sentait que désormais elle devait le protéger, prendre soin de lui.

À la lumière du feu, il contempla les cheveux tombant sur les épaules, et la blancheur des bras qu'elle tendait vers lui, le doux visage plein d'amour, les grands yeux effrayés.

— Comment puis-je vous quitter un seul instant ? demanda-t-il d'une voix rauque. Quand ceci sera fini, nous serons toujours ensemble !

Il fit une pause et ajouta :

— Ensemble jour et nuit, mon doux ange.

— Jour et nuit, murmura-t-elle.

Il l'embrassa passionnément, avec une ardeur qui disait sa douleur de la quitter. Puis il pivota et, sans un regard en arrière, il sortit.

La porte se referma derrière lui et Vesta resta immobile, les mains jointes, luttant pour ne pas s'élancer à sa suite, le rappeler. Mais il fallait que le prince sache. « Il comprendra qu'il y a d'autres Anglaises qui s'arracheraient le privilège d'être princesse de Katonie », se dit-elle.

Sans la révolution, elle serait à cet instant à Djilas, mariée ou en instance de l'être. Maintenant, la question se posait de savoir si le prince l'autoriserait à épouser l'homme qu'elle aimait ou si elle devrait vivre avec lui dans la clandestinité, passer pour morte pour sa famille et le reste du monde.

Elle s'assit sur le sofa et contempla le feu. Tant de choses s'étaient produites en si peu de temps ! Elle avait l'impression d'avoir mûri, le baiser du comte l'avait éveillée, et elle affrontait à présent non les doux rêves romantiques qu'elle s'était toujours permis, mais la réalité. « Ai-je bien agi ? » se demanda-t-elle.

Elle savait que désormais elle appartenait au comte. Où vivraient-ils ? Peut-être dans une petite maison comme celle-ci ! Puis elle sourit en prenant conscience qu'elle ignorait s'il était riche ou misérable, puissant ou obscur.

Mais elle s'en moquait bien ! Elle avait été bercée de l'importance des Salfont, du rang qu'ils tenaient dans l'aristocratie, du respect qu'on leur portait à la cour, de l'admiration qu'ils suscitaient. De tels antécédents lui ouvraient toutes les portes de la bonne société : il n'y avait en Angleterre nulle famille noble qui ne l'eût accueillie avec joie comme belle-fille, nul homme qui n'eût été fier de la prendre pour femme. Et voilà qu'elle voulait épouser un étranger dont elle ne savait rien. Il était comte, mais cela ne représentait peut-être pas grand-chose en Katonie, où les titres étaient nombreux. Les fils d'un comte, quel que fût leur nombre, prenaient tous le rang de leur père. Peut-être était-il très pauvre, peut-être ne serait-elle plus entourée de laquais, de domestiques. Peut-être n'y aurait-il plus de chevaux ni d'attelages ni rien de ce qu'elle avait appris à considérer comme normal.

« Rien de tout ça n'a la moindre importance, se dit-elle. S'il est très pauvre, je lui ferai la cuisine, je tiendrai sa maison et je l'aimerai. Voilà ce qui compte. » Elle regretta qu'ils n'aient pas parlé de l'avenir. Ils avaient eu si peu de temps... « Même si nous devons vivre dans une cave, je serai heureuse et satisfaite car nous serons ensemble. »

Elle attendit dans le salon pendant près d'une heure. « Je vais lui laisser le temps de partir avant de monter me coucher. » Avec une intuition toute neuve, elle devinait qu'après l'avoir saluée le comte ne désirerait pas la revoir. Il fallait encore qu'il troque ses vêtements contre la culotte et les bottes de cheval qu'il portait pendant la traversée des montagnes, et elle savait le mal qu'il avait eu à s'en aller. Il aurait voulu rester auprès d'elle, l'embrasser. Ils auraient pu rester jusqu'à l'aube devant la cheminée du salon. Mais il avait eu raison de vouloir partir cette nuit. « Il a toujours raison, et toujours je lui obéirai, je ferai tout ce qu'il me demandera. Puisque je l'aime. »

La maison était devenue très tranquille. Le comte devait être parti à présent, escorté par deux soldats. Elle ouvrit la porte et pénétra dans le hall. Jozef, qui l'attendait, lui tendit une bougie en s'inclinant devant elle.

– Je vous souhaite une bonne nuit, Votre Grâce. Que Dieu soit avec vous.

Vesta sourit.

– Merci, Jozef.

Elle gravit lentement l'escalier. La maison lui semblait tout à coup silencieuse et vide. Dans sa chambre, elle trouva la fille de Jozef qui l'attendait pour l'aider à se dévêtir. Elle se sentait soudain très lasse et se demandait avec appréhension si le comte était aussi fatigué qu'elle. C'était un homme, il était plus fort, mais peut-être l'avait-elle maintenu éveillé, la nuit précédente, en dormant contre son épaule ?

En se couchant, elle l'imagina traversant les forêts à bride abattue, atteignant la route qui serpentait dans la vallée et le mènerait à Djilas. « Pense-t-il à moi ? » se demanda-t-elle. Mais la question était absurde. Ils penseraient l'un à l'autre à chacune des secondes qui les séparaient. Et tandis qu'il s'éloignait au galop, elle essaya de lui transmettre son amour dans la nuit, de lui dire que l'avenir ne lui faisait pas peur puisqu'il serait avec elle.

« Je vous aime... » répéta-t-elle interminablement.

Finalement, vaincue par la fatigue, elle s'endormit.

9

Elle dormit d'un sommeil sans rêves et s'éveilla très tôt le lendemain. Au-dehors, le pâle soleil matinal étincelait sur les cimes neigeuses. Le doux chant des oiseaux qui montait du jardin, les papillons qui voletaient de fleur en fleur semblaient faire écho à son bonheur. Elle aimait, elle était aimée et n'avait jamais été aussi heureuse.

Ses pensées revenaient inlassablement vers le comte. Lorsque la pendule indiqua neuf heures, elle songea qu'il devait être en train de s'entretenir avec le prince et se mit à prier pour que tout se passe comme ils le souhaitaient. « Je vous en prie, mon Dieu, aidez-nous, faites que le prince accepte ! »

Elle n'avait plus ni doutes ni peurs. Sa décision était prise et ce matin-là nulle question n'obscurcissait son esprit. Sa conscience ne lui disait plus d'accomplir son devoir envers le prince ou son pays. Son devoir, maintenant, était de veiller sur Miklos, l'homme qu'elle aimait, de rester auprès de lui en lui dévouant sa vie entière. Le baiser échangé la veille revêtait une signification spéciale; par lui, ils s'étaient voués l'un à l'autre. Quelles que soient les difficultés à venir, ils étaient unis, de façon indivisible.

Mais bien des heures s'écouleraient encore avant qu'ils se retrouvent et elle sonna pour demander ses vêtements. La jolie fille de Jozef les lui apporta aussitôt, et Vesta descendit déjeuner.

Les fruits du jardin, le miel des ruches placées dans les champs, près du lac, les œufs frais de la petite ferme voisine firent de ce repas un moment délicieux. Elle demanda ensuite à Dorottya, la femme de Jozef, si elle pouvait lui apprendre à réaliser quelques spécialités culinaires de Katonie. « Si nous sommes très pauvres, se disait-elle, je pourrai au moins offrir à Miklos les plats qu'il aime. » Elle se voyait au marché local en train d'acheter pour lui du poisson frais, choisir les meilleurs légumes et les fruits les plus mûrs, hésiter devant les fromages ou la charcuterie, comme n'importe quelle ménagère.

Dorottya était enchantée à l'idée de montrer ses talents. Elle lui apprit d'abord à préparer le *psaria plaki*, ce plat de poisson que Vesta avait tellement apprécié à l'auberge de Jéno.

– C'est justement ce que nous comptions manger aujourd'hui, Votre Grâce.

– J'y goûterais moi aussi avec plaisir, fit Vesta en souriant.

Elle apprit également à confectionner le *saltsa augolé mono*, cette sauce à l'œuf et au citron, classique dans la cuisine grecque, selon l'aide de camp.

– Les Katoniens la servent avec la viande, le poisson et tous les légumes, expliqua Dorottya.

Rien ne rapproche autant deux femmes que de cuisiner ensemble. Bientôt, toutes deux plaisantaient et riaient, et Vesta en profita pour prendre une leçon de katonien. Dorottya et Jozef étaient plus faciles à suivre que leurs compatriotes qu'elle avait rencontrés. Mais il existait tant de dialectes qu'elle aurait du mal à les connaître tous. Combien le comte en parlait-il ? Y avait-il en Katonie beaucoup de gens qu'il ne puisse comprendre ? « Il faudra qu'il m'apprenne », se dit-elle, enchantée à l'idée d'être son élève dans quelque domaine que ce fût.

La matinée passa beaucoup plus vite qu'elle ne l'aurait cru. Pourtant, à chaque instant ses pensées revenaient au comte et un frisson de peur la parcourait alors. Et si le prince, offensé de se voir repoussé après avoir fait les préparatifs du mariage, refusait de la libérer de son engagement ? S'il se vengeait ? Et si le comte était exilé, ses terres confisquées, sa tête mise à prix ?

Elle se secoua : une fois de plus son imagination l'entraînait trop loin ! Mais sa peur demeura comme un ulcère rongeant sa félicité. Elle se souvenait de la rudesse du comte lorsqu'il avait évoqué les relations du prince avec Mme Züleyna. « Le prince est faible. Il a placé ses propres désirs avant les besoins et le bonheur de son pays. » Un tel mépris brûlait dans ses yeux lorsqu'il avait ajouté : « Il a pendant des années ignoré les souhaits de son peuple, fermé les yeux devant le fait que cette femme intriguait contre l'État et contre lui » !

« Comment le prince peut-il être aussi stupide ? » se demanda-t-elle. Lord Castlereagh avait pourtant dit qu'il était intelligent, et le vicomte, un des hommes les plus intelligents d'Angleterre, était sûrement bon juge. Mais la Katonie était un tout petit État, éloigné des grandes puissances qui, depuis Londres, Paris, Berlin ou Vienne, façonnaient le destin de l'Europe. « Ce n'est pas en rencontrant un prince lors d'une visite officielle qu'on peut savoir ce que le peuple pense de lui ou l'importance de son engouement pour une femme ! »

Une pensée lui traversa l'esprit : le ministre des Affaires étrangères et le Premier ministre d'Angleterre, étant parfaitement au courant des troubles provoqués par Mme Züleyna, l'avaient délibérément envoyée en Katonie. Ils espéraient sans doute qu'étant anglaise, elle inciterait le prince à combattre les intrigues issues de source turque et fondamentalement opposées aux intérêts katoniens. « Peut-être ne suis-je qu'un ange, une marionnette utilisée à des fins politiques ! »

Elle frémit. Mais après tout, ce problème ne la concernait plus. Son amour la protégerait. Le comte se dressait maintenant entre elle et tous les dangers. Dans ses bras, elle ressentait une sécurité inconnue jusqu'alors. Oui, elle pouvait remettre en toute confiance son sort entre ses mains.

Peu lui importait qu'ils dussent vivre pauvres, exilés, mais elle ne voulait pas qu'il souffre par sa faute. Au souvenir de sa voix ardente, de son regard brûlant, elle comprit que seul l'amour comptait, pour lui comme pour elle. « Nous ne faisons qu'un ! Nos pensées, nos sentiments ne font qu'un ! » Elle aurait tant voulu qu'il soit là pour la rassurer...

Il était midi passé. Vesta s'apprêtait à déjeuner quand elle entendit une voiture s'arrêter. Puis des voix. Elle retint son souffle. Le comte était-il revenu ? Avec un bon cheval, il fallait trois heures pour atteindre Djilas. Était-il possible qu'il revînt déjà ?

Elle résista à l'impulsion de s'élancer dans le

hall. La porte du salon s'ouvrit et Jozef entra, seul, pour lui présenter un plateau d'argent sur lequel était posé un billet.

Vesta le prit et s'approcha de la fenêtre pour le lire. Les mots dansèrent devant ses yeux. C'était une écriture puissante, droite, résolue. « Comme lui... » songea-t-elle.

Mon doux ange, ma vie, mon âme,
Tout va bien, ne vous inquiétez pas.
Le prince désire vous voir. Malheureusement, il m'est impossible de venir vous chercher comme je l'aurais voulu.
Aussi je vous demande, ma chérie, de me pardonner et de vous mettre en route pour le palais aussi vite que possible.
Prenez l'attelage qui vous apportera cette lettre.
La révolution est finie, toute la ville est en liesse et je me réjouis à la pensée de vous revoir.
Ne parlez à personne avant de m'avoir vu et dépêchez-vous, mon amour, ma merveilleuse petite déesse, car chaque seconde sans vous me fait l'effet d'un siècle. Je suis à vos pieds,
                                              Miklos.

Vesta relut le message avant de se tourner, l'œil brillant, vers Jozef.

– Je dois me rendre à Djilas, Jozef.
– Les cochers ont reçu des ordres, Votre Grâce. Mais il serait sans doute préférable qu'ils se reposent un bref instant, ainsi que les chevaux.
– Bien sûr, dit-elle à regret.
– Le déjeuner de Votre Grâce est prêt.

Elle le précéda dans la salle à manger où il lui servit les plats qu'elle avait préparés avec Dorottya. Elle s'efforça de manger lentement et suffisamment, sachant qu'un long voyage l'attendait. Mais à peine eut-elle terminé qu'elle se précipita dans sa chambre, enfila sa veste et prit son chapeau. La dernière fois qu'elle l'avait mis, c'est le comte qui l'avait placé sur sa tête, nouant les rubans de ses mains douces avec une émouvante délicatesse.

En s'observant dans le miroir, elle regretta de n'avoir rien de plus élégant pour aller le retrouver. Dorottya et sa fille avaient nettoyé et repassé le costume, lavé le corsage de mousseline. Mais toute leur adresse n'avait pas suffi à effacer complètement les taches et les plis d'un vêtement dans lequel elle avait chevauché trois jours et dormi deux nuits. Elle songea avec une légère mélancolie aux jolies robes qui dormaient dans leurs malles à Jéno. « Je les enverrai chercher, se dit-elle, et je porterai la plus belle pour voir le regard admiratif de Miklos. » Elle frémit à cette pensée, sachant qu'alors il la prendrait dans ses bras et l'embrasserait.

Lorsque Jozef annonça que les cochers étaient prêts, elle attendait dans le salon depuis ce qui lui semblait une éternité. Elle remercia Dorottya et sa fille de leur gentillesse et, accompagnée de Jozef, elle se dirigea vers la porte.

La voiture que le comte lui avait procurée était légère et équipée de grandes roues spécialement conçues pour voyager rapidement sur les mauvaises routes. Elle était tirée par quatre chevaux magnifiques que Vesta regarda avec plaisir. Les cochers se découvrirent à sa vue, ainsi que les deux cavaliers qui montaient également des animaux superbes. Elle savait que le comte, comme tout Hongrois, appréciait les bons chevaux.

« Bientôt, nous chevaucherons ensemble », se dit-elle. Elle avait naguère rêvé d'accompagner le prince. Maintenant, rien ne lui paraissait plus merveilleux qu'une chevauchée avec le comte, un galop, visage au vent, à la découverte de ce beau pays.

Elle remercia Jozef de ce qu'il avait fait pour elle, regrettant de n'avoir pas une seule pièce à lui donner. Mais il ne semblait rien attendre. Il s'inclina très bas. Le valet de pied aida Vesta à monter dans la voiture et l'équipage s'ébranla.

Au bout de l'allée, ils furent rejoints par les soldats à cheval qui gardaient la maison. Ils chevauchaient à l'arrière, sur les bordures herbues de l'étroite piste, afin d'éviter la poussière soulevée par l'attelage. Le comte, songea-t-elle, mal à l'aise, prenait toutes précautions contre une éventuelle embuscade. Mais il n'aurait pas dit à la légère que la révolution était finie, et elle n'avait aucune raison d'avoir peur. Ils descendirent la colline, passèrent près du lac d'où provenaient les truites de la veille. Il scintillait au soleil et à leur approche un vol d'oies sauvages s'éleva dans le ciel. Après avoir serpenté pendant des kilomètres entre d'immenses sapins, ils atteignirent une route plus large. Sans doute celle qu'elle aurait empruntée depuis Jéno avec le baron Milovan et sa compagnie si tout s'était déroulé comme prévu.

Une fois sur cette route, la voiture adopta une allure qu'on aurait admirée en Angleterre. Mais pour Vesta, les secondes étaient longues quand elle se trouvait loin du comte. Elle se pencha à la fenêtre pour voir le paysage.

« Voilà son pays, se dit-elle. C'est ici que se trouvent ses racines. Je dois aimer cette terre, comprendre son peuple, par amour pour lui. »

Elle apercevait de petites maisons blanches aux toits rouges. De pittoresques fermes en bois, de beaux champs de blé, d'herbe verdoyante où paissait un bétail gras. Surplombant la vallée de chaque côté, se dressaient les montagnes aux flancs tapissés d'arbres. « C'est si beau ! Comment peut-on ne pas être heureux dans un pays pareil ? Comment peuvent-ils avoir envie de se révolter ? » Et comment le prince avait-il pu laisser Mme Züleyna compromettre la paix, la prospérité de cette adorable contrée ?

Malgré son intérêt pour le voyage, l'impatience de voir le comte lui faisait paraître le temps long, et bien qu'elle eût décidé de lui faire confiance, elle éprouva, aux abords de Djilas, une certaine appréhension. C'était une grande ville, exquisément située dans une vaste vallée verdoyante flanquée de montagnes, au bord d'une rivière argentée. Vue du dessus, elle était telle qu'elle l'avait imaginée avec ses flèches et ses clochers élancés, ses tours, ses toits rouges.

Les faubourgs de Djilas, comme ceux de Jéno, débordaient de couleurs. Les bosquets d'orangers et de citronniers se paraient de fleurs bigarrées, les maisons s'ornaient de bougainvillées, les clématites grimpaient aux murs, les balcons étaient emplis de corolles multicolores. En voyant les drapeaux accrochés aux fenêtres, elle se souvint que le comte lui avait parlé de grandes réjouissances. « Maintenant, ils vont connaître la paix », songea-t-elle.

Le prince trouverait-il bientôt une femme pour gouverner avec lui, œuvrer pour son peuple et essayer de le comprendre ? C'était là sa tâche, se dit-elle non sans une certaine gêne. En refusant d'épouser le prince, peut-être le poussait-elle à nouveau dans les bras de Mme Züleyna ? Mais après tout, il n'avait nul besoin de son aide personnelle, tandis que le comte ne pouvait s'en passer. « C'est le souhait de toute femme, être désirée, se sentir indispensable », songea-t-elle.

La voiture empruntait de petites rues paisibles, relativement désertes. Elle avait l'impression, sans bien savoir d'où elle tenait cette information, que le palais se trouvait au centre de Djilas. Peut-être le prince avait-il finalement refusé de la libérer de son engagement et devait-elle, en conséquence, s'éloigner pour mener, avec le comte, une existence clandestine. « Cela n'a pas d'importance puisqu'il m'aime », se dit-elle pour se réconforter.

Après avoir longé la rivière un moment, ils semblèrent tourner en rond. Ils suivaient toujours les rues transversales mais en se rapprochant manifestement du centre. Ils longèrent ensuite un haut mur de brique percé d'une entrée gardée par deux soldats et dont les grilles portaient le blason royal. Elles s'ouvrirent pour leur livrer passage et Vesta entrevit de vertes pelouses, des fontaines scintillantes et une débauche de fleurs. Mais déjà ils s'engageaient sur une contre-allée flanquée d'arbres fleuris. La voiture s'immobilisa devant une porte latérale du palais.

Un valet de pied, éblouissant dans son habit à galon doré, ouvrit la portière, et Vesta descendit en regardant anxieusement vers la porte dans l'espoir d'y trouver le comte. Mais elle ne vit qu'un majordome qui lui présenta un billet sur un plateau d'argent. Elle le suivit dans un modeste hall et s'approcha de la fenêtre pour lire le message.

Vous êtes ici, mon adorée, et j'attends de vous voir avec plus d'impatience que je n'en ai connu de ma vie entière. Mais parce que vous êtes une femme et la plus belle, la plus adorable d'entre elles, je sais que vous souhaiterez vous rafraîchir avant de me rejoindre. Dépêchez-vous, mon ange, car j'ai désespérément besoin de vous. Mes bras brûlent de vous étreindre.

Miklos.

Vesta replia la lettre, résistant à l'impulsion de l'embrasser. Seul le comte pouvait être aussi compréhensif, aussi attentionné. On eût dit que leurs esprits fonctionnaient à l'unisson. Il savait qu'elle voulait plus que tout être belle à ses yeux, ôter ses vêtements tachés et revêtir une parure qu'il admirerait ! Il est vrai que le voyage avait été salissant. Il n'avait pas dû pleuvoir depuis un certain temps en Katonie et la poussière soulevée par les sabots des chevaux s'était engouffrée dans la voiture, déposant jusque sur son visage une fine pellicule grise.

Le majordome la précéda dans l'escalier, puis ils suivirent un long corridor. Arrivé devant une porte, il s'effaça, et Vesta pénétra dans une chambre ravissante, sans luxe excessif. Un bain chaud l'y attendait toutefois, ainsi que deux domestiques souriantes, vêtues comme Dorottya à ceci près que leur corsage était plus élaboré et que leur tablier comportait davantage de dentelle.

Elles l'aidèrent à se débarrasser de son costume. Malgré sa hâte de retrouver le comte, elle plongea avec délices dans l'eau chaude et parfumée. Quand elle se sécha dans une grande serviette où était brodée la couronne royale, elle se demanda si le comte avait prévu une robe pour elle. Mais elle reconnut celle que lui tendirent les deux servantes : c'était l'une des siennes. Ainsi, il avait miraculeusement fait venir ses bagages à Djilas ! Elle ne put s'empêcher de sourire : la robe qu'il avait choisie était la plus belle du trousseau. Sa mère l'avait achetée pour le cas où l'on donnerait en l'honneur de son mariage un bal d'État ou un banquet. Avec sa dentelle blanche étincelant de minuscules diamants, elle avait coûté une somme astronomique.

– C'est beaucoup trop cher, maman ! avait protesté Vesta.

– Je n'aimerais guère qu'on pense, en Katonie, que les Anglaises sont moins élégantes que les Parisiennes ou que ces aristocrates romaines surdécorées, avait répondu sèchement la duchesse.

Vesta avait aimé cette robe plus que toute autre. « Miklos va-t-il me trouver belle ainsi ? » Mais elle n'en doutait pas.

On lui tendit aussi des jupons et des sous-vêtements propres, une paire de sandales blanches, ainsi que les bas de soie arachnéenne achetés à

Bond Street pour une somme exorbitante. Elle allait demander ce qu'il était advenu du reste de ses bagages quand elle se souvint qu'elle ne devait parler à personne. D'ailleurs, elle croyait connaître la réponse. Lorsqu'elle aurait vu le prince, elle partirait avec le comte, peut-être dans sa maison s'il en avait une à Djilas, peut-être à la campagne. Il n'eût servi à rien de défaire ses malles au palais.

L'une des servantes la coiffa à la dernière mode. Puis sa robe fut serrée pour souligner sa taille fine, et les petites sandales de satin blanc furent glissées à ses pieds.

Elle jeta un coup d'œil à la pendule de la cheminée. L'après-midi tirait à sa fin. Elle avait pourtant fait aussi vite que possible. Sachant que le comte l'attendait avec impatience, elle eut du mal à tenir en place tandis qu'on posait la dernière touche à sa coiffure et que les deux domestiques attentives mettaient en place les volants de la robe.

Elle les remercia chaleureusement puis franchit la porte qu'elles ouvraient, devant laquelle attendait le majordome paré d'or. Il s'inclina et la précéda dans le couloir. Ils marchèrent longtemps. Le palais devait être immense. Les couloirs succédaient aux couloirs, et bientôt ils se trouvèrent dans la partie du bâtiment abritant les appartements officiels. Ils passaient devant des tableaux et des chandeliers magnifiques, des tables d'or sculpté, des miroirs muraux qui, en d'autres circonstances, auraient suscité son admiration.

Enfin, après avoir dépassé un escalier d'or et de cristal qui s'incurvait magnifiquement en descendant vers un immense hall de marbre, le majordome ouvrit une porte. Vesta eut un rapide aperçu de la pièce relativement petite dans laquelle on l'avait introduite. Puis elle vit le comte, à l'autre bout. Avec un cri de joie spontanée qui sembla résonner dans la salle, elle s'élança pour se jeter dans ses bras. Et dès qu'il l'étreignit, elle sentit sa force rassurante. Être auprès de lui, c'était connaître le paradis.

— Ma chérie, mon ange, j'ai l'impression de vous avoir attendue une éternité !

— Je ne savais pas que les chevaux pouvaient être aussi lents, murmura Vesta d'une voix incertaine.

Il posa sa bouche sur la sienne et, abandonnée à cette délicieuse extase, elle ne songea plus qu'à leurs retrouvailles. Il l'embrassa longuement. Tout tournoyait autour de Vesta. Elle fondait entre ses bras, ils ne faisaient plus qu'un.

— Venez, ma chérie, fit-il d'un ton ardent.

Il lui prit la main et se dirigea vers une porte, à l'opposé.

— Est-ce que tout va bien ? souffla-t-elle, émue par la force de son amour pour lui.

— Tout va bien, ma chérie.

Une flamme brûlait dans ses yeux. Il la guida dans une immense salle de réception ornée d'énormes chandeliers de cristal. Elle ne contenait aucun meuble, et Vesta ne remarqua pas tout d'abord les deux laquais en habit à galon d'or debout de chaque côté d'une double porte. « C'est ici que se trouve le prince », songea-t-elle. Ses doigts serrèrent ceux du comte. Elle voulait lui poser des questions, qu'il la rassure, mais elle était muette et lorsqu'ils s'approchèrent du valet de pied, un frisson de frayeur la parcourut. Le comte avait dit que tout allait bien, mais serait-elle libre de devenir sa femme ? « Mon Dieu, pria-t-elle, mon Dieu, je vous en prie ! »

Les valets ouvraient les portes, et elle avança, entraînée par le comte.

Un bruit semblable au rugissement de la mer, au tonnerre des vagues s'écrasant sur un rivage, la cloua sur place. Abasourdie, incapable de comprendre ce qui se passait, elle se vit debout au soleil, sur un balcon. Au-dessous, des milliers et des milliers de visages se levaient, drapeaux et mouchoirs s'agitaient, les clameurs se succédaient et montaient vers elle.

Sous le coup du choc, Vesta demeurait là, immobile, les yeux écarquillés.

– Souriez, ma chérie, souriez, c'est vous qu'ils acclament !

À la vitesse d'une flèche, une pensée lui traversa l'esprit. Elle tourna la tête.

En retrouvant le comte, elle n'avait vu que son visage, mais elle notait à présent qu'il portait un uniforme. Son manteau était blanc avec des épaulettes dorées, et un ruban bleu barrait sa poitrine.

Il lui sourit.

– Déjà, mon ange, ils vous appellent la « princesse des petits enfants ».

Interloquée, elle regarda la foule. Des gens levaient vers elle leurs enfants à bout de bras, d'autres les avaient perchés sur leurs épaules. Des femmes avaient même apporté leurs nouveau-nés.

– C'est un pays très petit. Les nouvelles vont vite et mon peuple vous a donné son cœur. Comme je vous ai donné le mien.

Il lui pressa la main et ajouta doucement :

– D'ailleurs, avant que vous partiez, j'ai dit aux brigands qui vous étiez.

En parlant, il lui prit la main pour la porter à ses lèvres et les acclamations de la foule redoublèrent. Après un dernier signe, le prince se retira. Les rideaux retombèrent. Main dans la main, ils regagnèrent la grande salle de réception.

Un valet les introduisit dans l'antichambre et la porte se referma derrière eux. Vesta demeura immobile. Le prince la lâcha, et elle demanda d'une voix presque effrayée :

– Pourquoi ne me l'avez-vous pas dit ?
– Parce que j'avais peur.

– Peur ?

Il s'écarta d'elle et s'approcha de l'âtre où les fleurs remplaçaient les bûches manquantes.

– J'ai beaucoup de choses à vous expliquer et nous avons peu de temps. Dans quelques minutes, nous partons pour la cathédrale. J'irai le premier et vous me suivrez. Si du moins vous voulez toujours m'épouser.

– Mais pourquoi ne m'avez-vous pas dit qui vous étiez ?

Elle redoutait soudain l'étrange accent de sa voix, la façon dont il lui tournait le dos, et elle avait peine à croire qu'il fût non le comte mais le prince qu'elle avait résolu de ne pas épouser. Ses jambes flageolaient et elle dut s'asseoir sur le sofa.

– Je vous ai dit que j'étais un prince de papier, faible et méprisable, fit le prince d'une voix rude.

Il se tut, comme s'il attendait une réponse. Au prix d'un effort évident, il poursuivit cependant :

– En fait, je ne vous ai pas menti. Comte Czako est l'un de mes titres. Alexandre est le nom sous lequel je gouverne, mais Miklos est celui que m'a toujours donné ma mère.

Il se redressa légèrement, sans se détourner.

– La mort de ma mère, quand j'avais dix ans, a bouleversé mon existence. C'est à ce moment que mon père décida de prendre en charge l'éducation, l'entraînement, la discipline qui me permettraient d'assumer plus tard les fonctions de souverain de Katonie. Je ne me cherche pas d'excuse, j'essaie seulement de vous expliquer comment tout est arrivé. J'ai été élevé sans autres amis que ceux choisis par mon père – de vils flatteurs qui ne songeaient qu'à conserver leur position ou s'assurer des faveurs.

Il se tourna vers Vesta qui le dévisageait avec un tendre étonnement.

– Je vous ai dit dans la caverne que tout le

monde craint quelque chose, mais je n'ai pas eu le courage de vous avouer ma peur. Eh bien... je redoute... désespérément la solitude.

– La solitude ? Mais...

– Oh ! En tant que prince, je suis constamment entouré de centaines de personnes, mais en leur compagnie je me sens plus seul qu'il n'est possible de le dire.

– Je comprends, murmura Vesta.

– C'est pourquoi, poursuivit le prince d'une voix grave, quand mon père est mort, en 1816, j'ai voulu trouver des gens qui m'aimeraient pour moi-même. La guerre était finie, et je suis allé à Rome, puis à Paris, j'ai voyagé incognito avec aussi peu de serviteurs que possible. C'est à Paris que j'ai rencontré Züleyna Bamir.

Vesta retint son souffle.

– Je ne veux pas vous mentir : il y a eu beaucoup de femmes dans ma vie. La plupart d'entre elles m'étaient présentées par mon père ou ses conseillers. Une ou deux fois, j'ai cru être amoureux mais toujours, dans un coin de ma tête, je savais que j'étais manipulé. Les femmes qui m'acceptaient comme amant s'intéressaient plus à mon rang qu'à ma personne.

Il s'arrêta, puis ajouta avec une amertume révélatrice :

– Quand j'ai rencontré Züleyna, j'ai cru qu'elle m'aimait pour moi-même.

Vesta détestait déjà cette femme, mais à présent la jalousie qu'elle ressentait lui faisait aussi mal qu'une blessure physique.

– Est-elle très belle ? demanda-t-elle malgré elle.

Le prince ne la regarda pas.

– Elle était exotique, fascinante, d'une séduction calculée. Elle avait huit ans de plus que moi. Une femme du monde, très différente de toutes celles que j'avais rencontrées.

– Et vous êtes tombé amoureux ?

– Je m'étais entiché d'elle, comme vous l'a dit l'aide de camp. Elle m'ensorcelait, et je ne me suis pas rendu compte tout de suite que j'étais manœuvré.

– Comment vous en êtes-vous aperçu ?

– Oh ! Beaucoup de gens me disaient ce qui se passait ! fit-il d'une voix rude. Quelques mois après que j'eus ramené Züleyna en Katonie, le Premier ministre protestait au nom de tout le cabinet. Les journaux parlaient d'elle avec amertume, publiaient des caricatures. On proférait même des menaces contre sa vie. Mais je n'écoutais pas.

– C'est bien compréhensible...

– C'était la première fois que j'agissais de ma propre initiative. Je refusais d'abandonner sous la menace ou les pressions une personne à qui j'étais cher.

Vesta comprenait sa réaction. L'opposition à une décision que pour la première fois il prenait seul n'avait fait que renforcer sa détermination.

– Finalement, la situation est devenue trop explosive pour que je l'ignore plus longtemps, et j'ai dû prendre en compte les sentiments du peuple. Aussi, quand le Premier ministre m'a supplié de me marier, j'ai accepté... Toutefois, la seule Anglaise que j'envisageais de prendre pour femme, c'était vous.

– Moi ! s'écria-t-elle, suffoquée. Comment aviez-vous entendu parler de moi ?

– Je vous avais vue.

– Vous m'aviez vue ?

– J'ai été invité en Angleterre, l'année dernière, par le prince régent, et à cette occasion Son Altesse Royale a donné une grande réception. En descendant souper, je vous ai vue appuyée à une fenêtre.

Sa voix s'adoucit et il dit :

– De ma vie je n'avais vu une femme si belle. Je me suis tourné vers la duchesse du Devonshire qui m'accompagnait et j'ai demandé : « Qui est cette charmante jeune fille ? » Elle m'a répondu : « C'est lady Vesta Cressington-Font, je la présenterai à Votre Altesse Royale après souper. » Mais après le souper, nous n'avons pu vous trouver.

— Je me souviens de cette soirée ! s'exclama Vesta. Il faisait très chaud et je suis partie tôt.

— Je suis rentré à Paris le lendemain matin, reprit le prince. Mais jamais je n'ai oublié combien vous étiez belle, et quand le Premier ministre a insisté sur le fait qu'il était de tradition dans la famille royale de prendre pour femme une Anglaise, je lui ai dit de se rendre en Angleterre pour demander votre main.

— Il ne m'a pas dit que vous m'aviez vue.

— Il ne le savait pas. Je n'avais pas envie d'en parler. Votre beauté était gravée dans ma mémoire à jamais.

— Mais quand je suis arrivée, vous avez essayé de me renvoyer.

— Dès que le Premier ministre a quitté le pays, Züleyna et ses amis m'ont dit que j'étais fou d'épouser une Anglaise. Ils disaient qu'elles étaient froides, inflexibles, qu'elles ignoraient la passion. Ils affirmaient avec une grande éloquence que vous ne comprendriez jamais le peuple, que vous ne feriez aucun effort pour être sympathique ou compatissante envers lui.

— Et vous... vous les avez crus ?

— Je vous ai dit que j'étais faible... Je les ai crus.

— C'est donc pour ça que vous vouliez me renvoyer ?

— J'ignorais totalement que le Premier ministre avait arrangé un mariage par procuration.

— Il ne m'était pas venu à l'idée que la décision ne venait pas de vous.

— C'eût été un choc pour les rebelles. Ils étaient déterminés à empêcher le mariage et c'est pour ça qu'ils ont provoqué des émeutes à Djilas.

— Dans quel but ?

— Ils espéraient que leur victoire m'obligerait à quitter le pays. Muni de l'excellent prétexte de restaurer la paix, le gouvernement turc, dont Züleyna était très proche, aurait pu marcher sur la Katonie. Il ne me serait plus resté alors qu'à abdiquer ou à accepter d'être une marionnette sous leur dictature.

— C'est ce que voulait Mme Züleyna ?

— Elle craignait de perdre son emprise sur moi après mon mariage. Quand j'ai enfin compris ce que j'avais provoqué, il était presque trop tard : l'État était en très mauvaise posture.

— Qu'avez-vous fait, alors ?

— J'ai rallié l'armée. J'ai fait reconduire sous escorte Züleyna et ses acolytes à la frontière.

Sa voix était devenue dure.

— Est-ce qu'elle... reviendra ?

— Jamais ! Je l'ai exilée à vie ! Et avec le temps, j'espère pouvoir réparer tout le mal qu'elle a fait... Je n'ai appris qu'à la fin des troubles qu'elle avait envoyé une bande d'assassins à Jéno avec ordre de tuer le Premier ministre, qui avait toujours été son ennemi, et de se débarrasser de vous.

— Ils m'auraient... tuée ?

— Ils voulaient sans doute vous renvoyer sur le bateau mais s'ils vous avaient trouvée avant moi, seule, vous seriez morte, à n'en pas douter.

— Vous m'avez donc sauvé la vie !

— J'ai envoyé tous les soldats dont je disposais pour devancer la bande meurtrière sur la route de Djilas. Mais j'ai mal calculé le jour de votre arrivée. D'un coup, j'ai réalisé que, la réception d'accueil étant annulée, vous, le Premier ministre et votre suite aviez toutes les chances de vous retrouver coincés à Jéno, sans la moindre protection. Alors j'ai traversé les montagnes à bride abattue, de l'autre côté de la vallée que nous avons empruntée, et comme vous le savez, je vous ai trouvée seule.

– Vous ne vouliez toujours pas que je reste !

– Vous étiez belle, encore plus que dans mon souvenir. Mais le poison avait fait son œuvre : je me disais que si je devais me marier, mieux valait choisir une Katonienne, peut-être une Grecque.

– Et vous avez voulu m'obliger à repartir.

– J'étais certain que vous reculeriez au premier obstacle. Comment aurais-je pu savoir que vous étiez si courageuse !

– Pourquoi avez-vous changé d'avis ?

– J'ai mesuré votre force de caractère quand vous avez longé le précipice malgré votre terreur, quitte à prétendre ensuite que la mer vous avait rendue malade.

Il poursuivit d'une voix douce :

– Je vous ai vue charmante et diplomate envers la femme de l'auberge qui était si sale. J'ai mangé le repas que vous aviez préparé vous-même après avoir pris la peine de nettoyer la poêle. Et en descendant l'escalier, je vous ai vue endormie devant le feu.

Vesta se souvint de son rêve. C'est à cet instant qu'elle était tombée amoureuse de lui.

– Je me suis assis pour vous contempler... Vous n'étiez pas seulement belle. Vous étiez tout ce qu'un homme peut attendre d'une femme, tout ce dont il peut rêver.

Elle trembla et lui aurait tendu les mains s'il n'avait continué :

– Après vous être apprêtée à mourir de ma main avec un courage dont j'ignorais qu'il pût exister, vous avez dormi dans mes bras. Et j'ai compris alors combien j'avais besoin de vous, combien déjà je vous aimais.

Il lui jeta un coup d'œil et, se retournant brusquement, il lui tourna le dos de nouveau.

— J'ai compris aussi que je ne vous méritais pas. Quand nous avons parlé au bord de la cascade, je vous ai dit que j'étais un prince de papier, un homme faible, méprisable... Je suis aussi un lâche, Vesta, et je n'ai pas osé vous dire la vérité. Je voulais votre amour, désespérément, je ne voulais pas prendre le risque de vous perdre avant d'être sûr de compter un peu à vos yeux... Je suppose que vous me méprisez, que vous méprisez un homme qui a pu tout gâcher de cette façon. Mais voudriez-vous, pourriez-vous rester avec moi ? Je vous jure que je ne peux plus affronter l'existence sans vous !

Vesta resta parfaitement immobile. Jamais elle n'avait entendu tant de souffrance dans une voix. Elle se leva, joignit les mains et s'approcha de lui. Il fallait qu'elle trouve les mots justes. Le moment était venu de le réconforter, de le soutenir, et aussi de l'inspirer.

— Je ne sais pas de qui vous parlez, dit-elle doucement. Miklos, l'homme que j'aime, est brave, si brave qu'il était prêt non seulement à mourir sans trembler un seul instant mais aussi à... me tuer. Il est aussi, comme le dit une chanson hongroise, galant et passionné et n'a fait preuve envers moi que de douceur, de tendresse, de noblesse.

Il étreignit la main qu'elle glissait dans la sienne, au point que ses doigts blanchirent.

— Il est si merveilleux, poursuivit-elle, que s'il rêvait de conquérir le monde, je crois que rien ne l'arrêterait.

Le prince se tourna vers elle.

— Êtes-vous sûre de ce que vous dites ? demanda-t-il d'une voix incertaine. Est-ce le fond de votre pensée ? De votre cœur ?

— Je vous aime, et je pense que ce que votre peuple veut plus que tout, c'est le bonheur. Ne pouvons-nous lui apprendre à être... heureux ?

— Ô mon Dieu !

Les mots jaillirent de sa bouche. Il attira Vesta contre lui et la broya dans une étreinte passionnée. Il ne l'embrassa pas, cependant. Le regard fixe, il dit, d'une voix méconnaissable :

— Vous croyez en moi ! Eh bien, je jure de ne jamais vous faire défaut !

Il y avait tant d'émotion dans sa voix que Vesta sentit ses yeux s'embuer. Quand elle leva la tête vers lui, elle vit des larmes rouler sur ses joues.

Elle les effaça du bout de ses doigts et dit, très doucement :

— Il n'y a qu'une chose que je... regretterai.
— Laquelle ?
— La caverne où nous devions être... seuls, murmura-t-elle. Je voulais tellement prendre soin de vous !

Ses bras se resserrèrent autour d'elle.

— Un banquet est prévu après notre mariage. Ce soir, nous devrons donc rester au palais, mais demain, je vous emmène en lune de miel, non dans une grotte, mon doux cœur, mais dans un endroit très tranquille où nous serons tous les deux.

Son regard était brûlant de désir.

— Je possède une villa au bord de la mer. Nous serons gardés car je ne veux plus risquer votre précieuse vie, mais nous ne verrons jamais ceux qui nous gardent. Maintenant que ma belle au bois dormant s'est éveillée, je veux lui apprendre l'amour.

Il pencha la tête et murmura, la bouche tout contre la sienne :

— Avez-vous oublié que je dois attiser cette petite flamme qui couve en vous pour la transformer en brasier ?

— Elle brûle déjà, Miklos, mon chéri.

Ses lèvres la tinrent captive et sous son baiser farouche, passionné, exigeant, elle se sentit soulevée par une joie puissante, éclatante. L'extase qu'il éveillait en elle les portait tous deux au sommet des montagnes et au-delà, vers des cieux lumineux.

« Je t'aime... je t'aime. »

Leur cœur, leur âme parlaient autant que le frémissement de leur corps.

« Je t'aime... »

On frappa à la porte. C'était le signal. Le peuple de Katonie réclamait son prince et sa princesse.

Romans sentimentaux

Depuis les ouvrages de Delly, publiés au début du siècle, la littérature sentimentale a conquis un large public. Elle a pour auteur vedette chez J'ai lu la célèbre romancière anglaise Barbara Cartland, la Dame en rose, qui a écrit près de 300 romans du genre. A ses côtés, J'ai lu présente des auteurs spécialisés dans le roman historique, Anne et Serge Golon avec la série des Angélique, Juliette Benzoni, des écrivains américains qui savent faire revivre toute la violence de leur pays (Kathleen Woodiwiss, Rosemary Rogers, Danielle Steel, Janet Dailey), ou des auteurs de récits contemporains qui mettent à nu le cœur et ses passions, tels que Jacqueline Monsigny, Theresa Charles ou Marie-Anne Desmarest.

ARCHER Jeffrey	La fille prodige 1857★★★ & 1858★★★
BENZONI Juliette	Marianne, une étoile pour Napoléon 601★★★★ & 602★★★★
	Le trésor 1509★★★★
	Haute-Savane 1730★★★★★
	Un aussi long chemin 1872★★★★
CARTLAND Barbara	Le masque de l'amour 973★★
	La belle et le cavalier 985★★★
	Les amours mexicaines 1052★★★
	Les roses de Lahore 1069★★
	La flamme d'amour 1110★★
	L'enchantement du désert 1188★★
	La première étreinte 1189★★★
	Que notre bonheur dure 1204★★
	La belle et le léopard 1215★★
	Les larmes de l'amour 1228★★
	Pirate d'amour 1455★★
	Le sortilège des Antilles 1497★★
	Rhapsodie d'amour 1582★★
	Duel avec le destin 1626★★
	La belle cavalière 1641★★
	La tigresse et le roi 1642★★
	Un cri d'amour 1657★★
	La vallée d'amour 1658★★

Romans sentimentaux

CARTLAND Barbara (suite)
Le lys de Brighton 1672★★
Un baiser pour la vie 1700★★
La princesse en péril 1762★★
Défi à l'amour 1763★★★★
Ola et le marquis 1775★★
Le festin secret 1776★★
Un souhait d'amour 1792★★
Indomptable Lorinda 1793★★
L'amour et Lucie 1806★★
Rencontre dans la nuit 1807★★
La magie de la bohémienne 1819★★
La revanche d'Anthéa 1820★★
L'invitation au bonheur 1842★★
Splendeurs impériales 1859★★
Serment d'amour 1860★★
L'amour à la barre 1870★★
Les colombes de l'amour 1871★★
Les violons de l'amour 1883★★
L'amour était au rendez-vous 1884★★
Un rossignol chantait 1898★★
Une passion inattendue 1899★★
Thérésa et le tigre 1912★★
Pour l'amour d'un roi 1913★★
Un cœur caché 1929★★★
Deux cœurs au gré des flots 1930★★
Une source de bonheur 1941★★
Le comte prodigue 1942★★
Un amour au clair de lune 1954★★
Quand l'amour s'éveille 1955★★
La brûlure de la passion 1974★★
Un amour en danger 1975★★
La force d'une passion 1990★★
La princesse oubliée 1991★★
La revanche du cœur 2005★★
Un mariage imprévu 2006★★
La puissance d'un amour 2030★★
L'amour en offrande 2031★★
Les mirages de l'amour 2040★★
Idylle à Calcutta 2049★★

Romans sentimentaux

CARTLAND Barbara (suite)	Les illusions du cœur 2050★★
	Un amour étoilé 2067★★
	Le marquis et l'ingénue 2068★★
	Prise au piège 2082★★
	Un ange en enfer 2083★★
	Un comte cruel 2099★★
	Miracle pour une madone 2100★★
CHARLES Theresa	Le chirurgien de Saint-Chad 873★★★
	Inez, infirmière de Saint-Chad 874★★★
	Crise à Saint-Chad 994★★
	Lune de miel à Saint-Chad 1112★★
	La bague d'opale 1229★★
	Gare aux sorcières ! 1275★★
	Toi seul 1337★★★
	Un choix déchirant 1428★★
	Rosamond 1795★★★★
	Thea 1873★★★★
COOKSON Catherine	L'orpheline 1886★★★★★
	La fille sans nom 1992★★★★
	L'homme qui pleurait 2048★★★★
COSCARELLI Kate	Destins de femmes 2039★★★★
DAILEY Janet	Le solitaire 1580★★★★
	Le cavalier de l'aurore 1701★★★★
	La Texane 1777★★★★
	Le mal-aimé 1900★★★★
	La saga des Calder :
	- La dynastie Calder 1659★★★★
	- Le ranch Calder 2039★★★★
	- Prisonniers du bonheur 2101★★★★
DALLAYRAC Dominique	Et le bonheur, maman ? 1051★★★
DELLY	La lune d'or 1136★★★ & 1137★★★
DESMAREST Marie-Anne	Torrents 970★★★
(Le cycle de Torrents)	Jan Yvarsen 1024★★
	Jan et Thérèse 1122★★
	Le fils de Jan 1148★★
	Le destin des Yvarsen 1230★★
	Le dernier amour de Jan 1277★★
	L'ennemi de Jan 1389★★
	Le secret de Sigrid 1595★★

Impression Brodard et Taupin à La Flèche (Sarthe)
le 5 novembre 1986
6883-5 Dépôt légal novembre 1986. ISBN 2-277-22099-X
Imprimé en France

Editions J'ai lu
27, rue Cassette, 75006 Paris
diffusion France et étranger : Flammarion